열두 개의 달 시화집
가을 필사노트

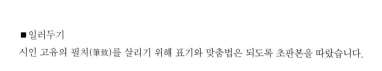

■일러두기
시인 고유의 필치(筆致)를 살리기 위해 표기와 맞춤법은 되도록 초판본을 따랐습니다.

열두 개의 달 시화집
가을 필사노트

윤동주 외 26명 글

카미유 피사로·빈센트 반 고흐·모리스 위트릴로 그림

저녁달 ☾

차 례

1장 오늘도 가을바람은 그냥 붑니다 with 카미유 피사로

2장 달은 내려와 꿈꾸고 있네 with 빈센트 반 고흐

3장 오래간만에 내 마음은 with 모리스 위트릴로

1장.
오늘도 가을바람은 그냥 붑니다

시인　윤동주
　　　백석
　　　정지용
　　　김소월
　　　김영랑
　　　이장희
　　　박용철
　　　이병각
　　　강경애
　　　고석규
　　　장정심
　　　허민
　　　라이너 마리아 릴케
　　　프랑시스 잠
　　　오시마 료타
　　　다카라이 기카쿠

화가　카미유 피사로

1장에서 함께하는 화가
카미유 피사로Camille Pissarro

1830~1903. 근대의 가장 훌륭한 풍경화가의 한 사람으로 인상주의 시대 작가 중 핵심 인물이다. 피사로의 작품에는 온기가 느껴지는 따스한 감정이 충만하다. 덴마크령 서인도 제도의 세인트토머스 섬에서 태어나서 자랐고, 1855년 화가를 지망하여 파리로 나왔다. 같은 해 만국박람회의 미술전에서 장바티스트 카미유 코로의 작품에 감명을 받아 풍경화에 전념하였다. 1860년대 후반부터, 피사로는 인상주의 화가들 사이에서 주요한 인물이 되었다. 폴 세잔이나 폴 고갱과 같은 영향력 있는 예술가들의 든든한 친구이자 멘토였던 그는 그를 아는 많은 사람들에게 'Father Pissarro'로 불렸을 만큼 커다란 역할을 했다. 인상주의 화가들의 작품 전시에 도움을 주었으며, 폴 세잔과 폴 고갱은 피사로가 그들의 '스승'이었다고 고백했다. 한편, 피사로는 조르주 쇠라와 폴 시냐크의 점묘법 같은 다른 화가들의 아이디어에서도 영감을 얻었다. 또한 장 프랑수아 밀레와 오노레 도미에의 작품에 매우 감탄했다. 1870년에서 1871년까지 치러진 프랑스와 프로이센 사이의 전쟁을 피해, 파리 북서쪽 교외에 정주하면서 질박(質朴)한 전원풍경을 연작하기 시작했으며, 1874년에 시작된 인상파그룹전(展)에 참가한 이래 매회 계속하여 출품함으로써 인상파의

최연장자가 되었다. 말년에 이르러 피사로는 인상주의 화가들이 명성을 얻게 되는 것을 목격했고, 후기 인상주의 화가들은 피사로를 숭배했다. 1870년대에 피사로는 클로드 모네, 피에르 오귀스트 르누아르, 알프레드 시슬레와 함께 작업하기도 했다. 눈병으로 야외에서 그림을 그릴 수 없게 되었을 때는 파리에서 창밖으로 보이는 풍경들을 그렸다.

피사로는 그의 예술과 삶에서 19세기와 20세기를 잇는 다리 역할을 했다. 그는 늘 겸손하고 조용한 성격이었지만, 그가 남긴 유산, 즉 변화에 대한 끊임없는 관심, 세잔과 고갱과 같은 선구적 예술가에 대한 그의 영향력, 그리고 예술계에 대한 저항은 20세기 초 아방가르드의 발전에 강력하게 기여했다.

주요 작품으로 〈붉은 지붕〉(1877) 〈사과를 줍는 여인들〉(1891) 〈몽마르트르의 거리〉(1897) 〈테아트르 프랑세즈 광장〉(1898) 〈브뤼헤이 다리〉(1903) 〈자화상〉(1903) 등이 있다.

소년

윤동주

여기저기서 단풍잎 같은 슬픈 가을이 뚝뚝 떨어진다. 단풍잎 떨어져 나온 자리마다 봄을 마련해 놓고 나뭇가지 위에 하늘이 펼쳐 있다. 가만히 하늘을 들여다보려면 눈썹에 파란 물감이 든다. 두 손으로 따뜻한 볼을 쓸어보면 손바닥에도 파란 물감이 묻어난다. 다시 손바닥을 들여다본다. 손금에는 맑은 강물이 흐르고, 맑은 강물이 흐르고, 강물 속에는 사랑처럼 슬픈 얼굴—아름다운 순이의 얼굴이 어린다. 소년은 황홀히 눈을 감아 본다. 그래도 맑은 강물은 흘러 사랑처럼 슬픈 얼굴—아름다운 순이의 얼굴은 어린다.

Route de Versailles, Rocquencourt
1871

Portrait of Jeanne Pissarro, called Minette
1872

코스모스

윤동주

청초(淸楚)한 코스모스는
오직 하나인 나의 아가씨,

달빛이 싸늘히 추운 밤이면
옛 소녀(少女)가 못 견디게 그리워
코스모스 핀 정원(庭園)으로 찾아간다.

코스모스는
귀또리 울음에도 수줍어지고,

코스모스 앞에선 나는
어렸을 적처럼 부끄러워지나니,

내 마음은 코스모스의 마음이오
코스모스의 마음은 내 마음이다.

A Corner of the Garden at the Hermitage, Pontoise
1877

Woman Washing her Feet in a Brook
1895

가을날

라이너 마리아 릴케

주여, 때가 왔습니다. 여름은 참으로 위대했습니다.
당신의 그림자를 태양 시계 위에 던져 주시고,
들판에 바람을 풀어놓아 주소서.

마지막 열매들이 탐스럽게 무르익도록 명해 주시고,
그들에게 이틀만 더 남국의 나날을 베풀어 주소서,
열매들이 무르익도록 재촉해 주시고,
무거운 포도송이에 마지막 감미로움이 깃들이게 해주소서.

지금 집 없는 사람은, 이제 집을 지을 수 없습니다.
지금 홀로 있는 사람은 오래오래 그러할 것입니다.
깨어서, 책을 읽고, 길고 긴 편지를 쓰고,
나뭇잎이 굴러갈 때면, 불안스레
가로수길을 이리저리 소요할 것입니다.

Sunset at Éragny
1890

Pommiers et faneuses, Éragny
1895

그 여자(女子)

함께 핀 꽃에 처음 익은 능금은
먼저 떨어졌습니다.

오늘도 가을바람은 그냥 붑니다.

길가에 떨어진 붉은 능금은
지나는 손님이 집어 갔습니다.

The Bather
1895

Still Life Apples And Pears in A Round Basket
1872

오늘 문득

강경애

가을이 오면은
내 고향 그리워
이 마음 단풍같이
빨개집니다.

오늘 문득 일어나는 생각에 이런 노래를 적어보았지요.

Two Women Chatting by the Sea, St. Thomas
1856

Poultry Market at Gisors
1885

그네

장정심

높다란 저 나뭇가지에
굵다란 밧줄을 느려매고
서늘한 그늘 잔디 우에서
새와 같이 가벼웁게 난다

앞으로 올제 앞까지 차고
뒤로 지나갈제 뒷까지 차니
비단치마 바람에 날리는 소리
시원하고 부드럽게 휘 — 휘 —

나실 나실하는 머리카락
살랑 설렁하는 옷고름 옷자락
해슬 헤슬하는 치마폭자락
하늘 하늘하게 날센 몸을 날린다

늘었다 줄었다
머질 줄 모르고 잘도 난다
꽃들은 웃고 새들은 노래하니
추천하는 저 광경이 쾌락도하다

Entrance to the Village of Voisins, Yvelines
1872

Orchard in Bloom
1872

창(窓)

쉬는 시간(時間)마다
나는 창(窓)녘으로 갑니다.

―창(窓)은 산 가르침.

이글이글 불을 피워주소,
이 방에 찬 것이 서럽니다.

단풍잎 하나
맴도나 보니
아마도 자그마한 선풍(旋風)이 인 게외다.

그래도 싸느란 유리창에
햇살이 쨍쨍한 무렵,
상학종(上學鐘)이 울어만 싶습니다.

The Pont-Neuf
1902

Autumn, Poplars, Éragny
1894

비둘기

윤동주

안아보고 싶게 귀여운
산비둘기 일곱 마리
하늘 끝까지 보일 듯이 맑은 주일날 아침에
벼를 거두어 빼빼한 논에서
앞을 다투어 요를 주으며
어려운 이야기를 주고 받으오.

날씬한 두 나래로 조용한 공기를 흔들어
두 마리가 나오.
집에 새끼 생각이 나는 모양이오.

The Garden of the Tuileries on a Spring Morning
1899

June Morning at Pontoise
1873

마음의 추락

박용철

천길 벼랑 끝에 사십도 넘어 기울은 몸
하는 수 없이 나는 거꾸러져 떨어진다
사랑아 너의 날개에 나를 업어 날아올라라.

막아섰던 높은 수문 갑자기 자취 없고
백척수(면) 차[百尺水(面) 差]를 내 감정은 막 쏟아진다
어느 때 네 정(情)의 수면이 나와 나란할 꺼나.

Sunrise on the Sea
1883

Setting Sun and Fog, Éragny
1891

언니 오시는 길에

김명순

언니 오실 때가
두벌 꽃 필 때라기에
빨간 단풍잎을 따서
지나실 길가마다 뿌렸더니
서리 찬 가을바람이 넋 잃고
이리저리 구릅디다

떠났던 마음 돌아오실 때가
물 위의 얼음 녹을 때라기에
애타는 피를 뽑아서
쌓인 눈을 녹였더니
마저 간 겨울바람이 취해서
또 눈보라를 칩디다

언니여 웃지 않으십니까
꽃 같은 마음이 꽃 같은 마음이
이리저리 구르는 대로
피 같은 열성이 오오 피 같은 열성이
이리저리 깔린 대로
이 노래의 반가움이 무거운 것을

Road in a Forest
1859

Apple Picking
1886

고향(故鄉)

백석

나는 북관(北關)에 혼자 앓아 누워서
어느 아침 의원(醫員)을 뵈이었다.
의원은 여래(如來) 같은 상을 하고
관공(關公)의 수염을 드리워서
먼 녯적 어느 나라 신선 같은데
새끼손톱 길게 돈은 손을 내어
묵묵하니 한참 맥을 짚더니
문득 물어 고향(故鄉)이 어데냐 한다.
평안도(平安道) 정주(定州)라는 곳이라 한즉
그러면 아무개씨(氏) 고향(故鄉)이란다.
그러면 아무개씰(氏) 아느냐 한즉
의원은 빙긋이 웃음을 띠고
막역지간(莫逆之間)이라며 수염을 쓴다.
나는 아버지로 섬기는 이라 한즉
의원(醫員)은 또다시 넌지시 웃고
말없이 팔을 잡아 맥을 보는데
손길이 따스하고 부드러워
고향(故鄉)도 아버지도 아버지의 친구도 다 있었다.

Self-Portrait
1890

Red Roofs, Corner of a Village, Winter
1877

귀뚜라미와 나와

윤동주

귀뚜라미와 나와
잔디밭에서 이야기했다.

귀뜰귀뜰
귀뜰귀뜰

아무에게도 알으켜 주지 말고
우리 둘만 알자고 약속했다.

귀뜰귀뜰
귀뜰귀뜰

귀뚜라미와 나와
달 밝은 밤에 이야기했다.

Girl with a Stick
1881

Primrose Hill Regent's Park
1892

아무 말 없네
손님도 주인도
흰 국화꽃도

오시마 료타

Chrysanthemums In a Chinese Vase
1873

Bouquet Of Pink Peonies
1873

이것은 인간의 위대한 일들이니

프랑시스 잠

이것은 인간의 위대한 일들이니
나무병에 우유를 담는 일,
꼿꼿하고 살갗을 찌르는 밀 이삭들을 따는 일,
신선한 오리나무 옆에서 암소들을 지키는 일,
숲의 자작나무들을 베는 일,
경쾌하게 흘러가는 시내 옆에서 버들가지를 꼬는 일,
어두운 벽난로와, 옴 오른 늙은 고양이와, 잠든 티티새와,
즐겁게 노는 어린 아이들 옆에서
낡은 구두를 수선하는 일,
한밤중 귀뚜라미들이 시끄럽게 울 때
처지는 소리를 내며 베틀을 짜는 일,
빵을 만들고, 포도주를 만드는 일,
정원에 양배추와 마늘을 심는 일,
그리고 따뜻한 달걀을 거두어들이는 일.

Hay Harvest at Éragny
1901

Two Young Peasant Women
1891–1892

먼 후일

김소월

먼 훗날 당신이 찾으시면
그때에 내 말이 잊었노라

당신이 속으로 나무라면
무척 그리다가 잊었노라

그래도 당신이 나무라면
믿기지 않아서 잊었노라

오늘도 어제도 아니 잊고
먼 훗날 그때에 잊었노라

Bath Road, London
1897

Houses at Bougival, Autumn
1870

비오는 거리

이병각

저무는 거리에
가을 비가 나린다.

소리가 없다.

혼자 거닐며
옷을 적신다.

가로수 슬프지 않으냐
눈물을 흘린다.

Rue Saint Honore, Afternoon, Rain Effect
1897

The Fish Market, Dieppe: Grey Weather, Morning
1902

가을밤

윤동주

궂은 비 나리는 가을밤
벌거숭이 그대로
잠자리에서 뛰쳐나와
마루에 쭈그리고 서서
아이ㄴ양 하고
쏴── 오줌을 쏘오.

The Mill at La Roche Goyon

Apple Trees, Sunset, Éragny
1896

남쪽 하늘

윤동주

제비는 두 나래를 가지었다.
시산한 가을날—

어머니의 젖가슴이 그리운
서리 나리는 저녁—
어린 영(靈)은 쪽나래의 향수를 타고
남쪽 하늘에 떠돌 뿐—

The Marne at Chennevieres
1864-1865

Peasant Woman and Child Returning
1881

향수(鄕愁)

정지용

넓은 벌 동쪽 끝으로
옛이야기 지줄대는 실개천이 회돌아 나가고,
얼룩백이 황소가
해설피 금빛 게으른 울음을 우는 곳,

── 그 곳이 참하 꿈엔들 잊힐리야.

질화로에 재가 식어지면
뷔인 밭에 밤바람 소리 말을 달리고,
엷은 조름에 겨운 늙으신 아버지가
짚벼개를 돋아 고이시는 곳,

── 그 곳이 참하 꿈엔들 잊힐리야.

흙에서 자란 내 마음
파아란 하늘 빛이 그립어
함부로 쏜 활살을 찾으려
풀섶 이슬에 함추름 휘적시든 곳,

── 그 곳이 참하 꿈엔들 잊힐리야.

전설(傳說)바다에 춤추는 밤물결 같은
검은 귀밑머리 날리는 어린 누의와
아무러치도 않고 여쁠것도 없는
사철 발벗은 안해가
따가운 해ㅅ살을 등에 지고 이삭 줏던 곳,

―― 그 곳이 참하 꿈엔들 잊힐리야.

하늘에는 석근 별
알 수도 없는 모래성으로 발을 옮기고,
서리 까마귀 우지짖고 지나가는 초라한 집웅,
흐릿한 불빛에 돌아 앉어 도란 도란거리는 곳,

―― 그 곳이 참하 꿈엔들 잊힐리야

Lavoir et Moulin d'Osny
1884

Jalais Hill, Pontoise
1867

고향집 - 만주에서 부른

윤동주

헌 짚신짝 끄을고
나 여기 왜 왔노
두만강을 건너서
쓸쓸한 이 땅에

남쪽 하늘 저 밑에
따뜻한 내 고향
내 어머니 계신 곳
그리온 고향 집

Giverny
1878

The Hay Cart, Montfoucault
1879

벌레 우는 소리

이장희

밤마다 울던 저 벌레는
오늘도 마루 밑에서 울고 있네

저녁에 빛나는 냇물같이
벌레 우는 소리는 차고도 쓸쓸하여라

밤마다 마루 밑에서 우는 벌레소리에
내 마음 한없이 이끌리나니

The Côte des Bœufs at L'Hermitage
1877

Sunset
1872

중추명월에
다다미 위에 비친
솔 그림자여

다카라이 기카쿠

Landscape
1890

Groves of Chestnut Trees at Louveciennes
1872

가을밤

이병각

뉘우침이여
벼개를 적신다.

달이 밝다.

뱃쟁이 우름에 맛추어
가을밤이 발버둥친다.

새로워질 수 없는 래력이거던
나달아 빨리 늙어라.

Young Peasant at her Toilette
1888

View of Berneval
1900

거리에서

달밤의 거리
광풍(狂風)이 휘날리는
북국(北國)의 거리
도시(都市)의 진주(眞珠)
전등(電燈)밑을 헤엄치는
조그만 인어(人魚) 나,
달과 전등에 비쳐
한몸에 둘셋의 그림자,
커졌다 작아졌다.

괴로움의 거리
회색(灰色)빛 밤거리를
걷고 있는 이 마음
선풍(旋風)이 일고 있네
외로우면서도
한 갈피 두 갈피
피어나는 마음의 그림자,
푸른 공상(空想)이
높아졌다 낮아졌다.

The Boulevard Montmartre at Night
1897

The Louvre, Morning, Sunlight
1901

사개 틀린 고풍의 툇마루에

김영랑

사개 틀린 고풍의 툇마루에 없는 듯이 앉아
아직 떠오를 기척도 없는 달을 기다린다
아무런 생각없이
아무런 뜻없이

이제 저 감나무 그림자가
사뿐 한 치씩 옮아오고
이 마루 위에 빛깔의 방석이
보시시 깔리우면

나는 내 하나인 외론 벗
가냘픈 내 그림자와
말없이 몸짓 없이 서로 맞대고 있으려니
이 밤 옮기는 발짓이나 들려오리라

Landscape at Varengeville
1899

Julie Pissarro Peeling Vegetables
1878

나의 집

김소월

들가에 떨어져 나가 앉은 메 기슭의
넓은 바다의 물가 뒤에,
나는 지으리, 나의 집을,
다시금 큰길을 앞에다 두고.
길로 지나가는 그 사람들은
제각금 떨어져서 혼자 가는 길.
하이얀 여울턱에 날은 저물 때.
나는 문간에 서서 기다리리
새벽 새가 울며 지새는 그늘로
세상은 희게, 또는 고요하게,
번쩍이며 오는 아침부터,
지나가는 길손을 눈여겨 보며,
그대인가고, 그대인가고.

Peasants' Houses, Éragny
1887

The Seine at Bougival
1870

오—매 단풍 들것네

김영랑

'오매 단풍 들 것네'
장광에 골붉은 감닢 날러오아
누이는 놀란 듯이 치어다보며
'오매 단풍 들 것네'

추석이 내일모레 기둘리니
바람이 자지어서 걱정이리
누이의 마음아 나를 보아라
'오매 단풍 들 것네'

118

Hyde Park, London
1890

Autumn, Poplars
1893

한동안 너를

고석규

한동안 너를 기다리며
목이 마르고 가슴이 쓰렸다.

가을의 처량한 달빛이
너를 기다리던 혼(魂)을 앗아가고

형적없는 내 그림자
바람에 떴다.

한동안 너를 품에 안은 일은
그 따스한 불꽃이 스며

하염없이 날음치던
우리들 자리가 화려하던 무렵

그리다 그날은 저물어 버려
우리는 솔솔이 눈물을 안고

가슴이 까맣게 닫히는 문에
한동안 우리끼리 잊어야 하는 것을.

Portrait of Jeanne
1872

The Field and the Great Walnut Tree in Winter, Éragny
1885

달을 잡고

허민

창에 비친 달
그대가 남기고 간 웃음인가
밝았다 기우는 설움 버릴 곳 없어

눈을 감아도
그대는 가슴속에 나타나고
버리려 달 쳐다보면 눈물이 흘러

변함이 없을
그대 맘 저 달 아래 맹서 든 때
그 일은 풀 아래 우는 벌레 소린지

Jeanne Reading
1899

Félix Pissarro lisant
1893

2장.
달은 내려와 꿈꾸고 있네

시인   윤동주
        백석
        정지용
        박인환
        김영랑
        윤곤강
        박용철
        이장희
        이상화
        장정심
        라이너 마리아 릴케
        다카하마 교시
        마쓰오 바쇼
        사이교

화가   빈센트 반 고흐

2장에서 함께하는 화가
빈센트 반 고흐Vincent Van Gogh

1853~1890. 렘브란트 이후 가장 위대한 화가로 인정받는 네덜란드 화가이다. 그의 작품에서 두드러진 색채, 강조된 붓놀림, 윤곽이 뚜렷한 형태는 현대 미술에서 표현주의의 흐름에 강력한 영향을 미쳤다. 빈센트 반 고흐의 예술은 그의 사후에 인기를 얻게 되었으며, 특히 20세기 후반에는 그의 작품이 전 세계 경매에서 기록적인 가격에 거래되고 대형 순회 전시회에 출품됨으로써 더욱 주목을 받았다. 한편 그의 방대한 편지로 인해 빈센트 반 고흐는 대중의 상상 속에서 전형적인 고통받는 예술가로 신화화되기도 했다.

빈센트 반 고흐는 네덜란드 프로트 즌델트에서 출생했다. 목사의 아들로 태어나, 1869~1876년 화상 구필의 조수로 헤이그, 런던, 파리에서 일하고 이어서 영국에서 학교 교사, 벨기에의 보리나주 탄광에서 전도사로 일하고, 1880년 화가로 그림을 그리기 시작했다. 그때까지 짝사랑에 그친 몇 번의 연애를 경험했다. 1885년까지 주로 부친의 재임지인 누넨에서 제작 활동을 했다. 당시의 대표작으로는 〈감자를 먹는 사람들〉(1885)이 있다.

열여섯 살에 삼촌의 권유로 헤이그에 있는 구필 화랑에서 일하기 시작했을 때, 그의 네 살 아래 동생이자 빈센트가 평생의 우애로 아꼈던 테오도 나중에 그 회사에 들어왔다. 이 우애는 그들이 서로 주고받았던 엄청난 편지 모음에 자세히 기록되어 있다. 그 편지에는 빈센트 반 고흐가 예민한 마음의 재능 있는 예술가라는 것과 더불어 무명화가로서의 고단한 삶에 대한 슬픔도 묘사되어 있다. 네덜란드 시절 빈센트 반 고흐의 그림은 어두운 색채로 비참한 주제가 특징이었으나, 1886~1888년 파리에서 인상파·신인상파의 영향을 받았고, 1888년 봄 아를르에 가서, 이상할 정도로 꼼꼼한 필촉(筆觸)과 타는 듯한 색채로 특유의 화풍을 전개시킨다. 1888년 가을, 아를르에서 고갱과의 공동생활 중 병의 발작에 의해서 자기의 왼쪽 귀를 자르는 사건을 일으켜 정신병원에 입원했고, 생 레미에 머물던 시절에 입퇴원 생활을 되풀이했다. 1890년 봄 파리 근교의 오베르 쉬르 우아즈에 정착하여 열정적으로 작품 활동을 계속했으나 1890년 7월 27일, 빈센트 반 고흐는 들판으로 걸어나간 뒤 자신의 가슴에 총을 쏘았다. 바로 죽지는 않았지만 치명적인 총상이었으므로, 비틀거리며 집으로 돌아간 후, 심하게 앓고 난 이틀 뒤, 동생 테오가 바라보는 앞에서 37세의 나이로 숨을 거뒀다.

고흐의 작품 전부(900여 점의 그림들과 1,100여 점의 습작들)는 정신질환을 앓고 자살을 감행하기 전, 10년의 기간 동안 창작한 것들이다. 그는 살아 있는 동안에는 거의 성공을 거두지 못하고 사후에 비로소 명성을 얻었는데, 특히 1901년 3월 17일 (그가 죽은 지 11년 후) 파리에서 71점의 그림이 전시된 이후 그의 이름은 급속도로 높아졌다. 주요 작품으로는 〈별이 빛나는 밤〉〈해바라기〉〈꽃피는 아몬드 나무〉〈아를르의 침실〉〈닥터 가셰의 초상〉 등이 있다.

별 헤는 밤

윤동주

계절이 지나가는 하늘에는
가을로 가득 차 있습니다.

나는 아무 걱정도 없이
가을 속의 별들을 다 헬 듯합니다.

가슴 속에 하나 둘 새겨지는 별을
이제 다 못 헤는 것은
쉬이 아침이 오는 까닭이요
내일 밤이 남은 까닭이요
아직 나의 청춘이 다 하지 않은 까닭입니다.

별 하나에 추억과
별 하나에 사랑과
별 하나에 쓸쓸함과
별 하나에 동경과
별 하나에 시와
별 하나에 어머니, 어머니,

134

어머님, 나는 별 하나에 아름다운 말 한마디씩 불러 봅니다. 소학교 때 책상을 같이 했던 아이들의 이름과 패, 경, 옥, 이런 이국 소녀들의 이름과, 벌써 아기 어머니된 계집애들의 이름과, 가난한 이웃 사람들의 이름과, 비둘기, 강아지, 토끼, 노새, 노루, '프랑시스 잠', '라이너 마리아 릴케' 이런 시인의 이름을 불러 봅니다.

이네들은 너무나 멀리 있습니다.
별이 아스라이 멀 듯이.

어머님,
그리고 당신은 멀리 북간도에 계십니다.

나는 무엇인지 그리워
이 많은 별빛이 내린 언덕 위에
내 이름자를 써 보고
흙으로 덮어 버리었습니다.

딴은 밤을 새워 우는 벌레는
부끄러운 이름을 슬퍼하는 까닭입니다.

그러나 겨울이 지나고 나의 별에도 봄이 오면
무덤 위에 파란 잔디가 피어나듯이
내 이름자 묻힌 언덕 우에도
자랑처럼 풀이 무성할거외다.

The Starry Night
1889

Starry Night over the Rhone
1888

자화상

윤동주

산모퉁이를 돌아 논 가 외딴 우물을 홀로 찾아가선 가만히
들여다 봅니다.

우물 속에는 달이 밝고 구름이 흐르고 하늘이 펼치고
파아란 바람이 불고 가을이 있습니다.

그리고 한 사나이가 있습니다.
어쩐지 그 사나이가 미워져 돌아갑니다.

돌아가다 생각하니 그 사나이가 가엾어집니다.
도로 가 들여다보니 사나이는 그대로 있습니다.

다시 그 사나이가 미워져 돌아갑니다.
돌아가다 생각하니 그 사나이가 그리워집니다.

우물 속에는 달이 밝고 구름이 흐르며 하늘이 펼치고
파아란 바람이 불고 가을이 있고 추억처럼 사나이가 있습니다.

Self-Portrait
1989

Almond Blossoms
1890

쓸쓸한 길

백석

거적장사 하나 산(山) 뒷녚 비탈을 오른다
아— 따르는 사람도 없이 쓸쓸한 쓸쓸한 길이다
산(山)가마귀만 울며 날고
도적갠가 개 하나 어정어정 따러간다
이스라치전이 드나 머루전이 드나
수리취 땅버들의 하이얀 복이 서러웁다
뚜물같이 흐린 날 동풍(東風)이 설렌다

Nursery on Schenkweg
1882

추야일경(秋夜一景)

백석

닭이 두 홰나 울었는데
안방 큰방은 홰즛하니 당등을 하고
인간들은 모두 웅성웅성 깨어 있어서들
오가리며 석박디를 썰고
생강에 파에 청각에 마늘을 다지고

시래기를 삶는 훈훈한 방안에는
양념 내음새가 싱싱도 하다

밖에는 어디서 물새가 우는데
토방에선 햇콩두부가 고요히 숨이 들어갔다

Field with Plowing Farmers
1889

Potato Eaters
1885

늙은 갈대의 독백

백석

해가 진다
갈새는 얼마 아니하야 잠이 든다
물닭도 쉬이 어느 낯설은 논드렁에서 돌아온다
바람이 마을을 오면 그때 우리는 설게 늙음의 이야기를 편다

보름밤이면
갈거이와 함께 이 언덕에서 달보기를 한다
강물과 같이 세월(歲月)의 노래를 부른다
새우들이 마른 잎새에 올라앉는 이때가 나는 좋다

어느 처녀(處女)가 내 잎을 따 갈부던을 결었노
어느 동자(童子)가 내 잎을 따 갈나발을 불었노
어느 기러기 내 순한 대를 입에다 물고 갔노
아, 어느 태공망(太公望)이 내 젊음을 낚어 갔노

이 몸의 매딥매딥
잃어진 사랑의 허물자국
별 많은 어느 밤 강을 날여간 강다릿배의 갈대 피리
비오는 어느 아침 나룻배 나린 길손의 갈대 지팽이
모두 내 사랑이었다

152

해오라비조는 곁에서
물뱀의 새끼를 업고 나는 꿈을 꾸었다
— 벼름질로 돌아오는 낮이 나를 다리려 왔다
  달구지 타고 산골로 삿자리의 벼슬을 갔다

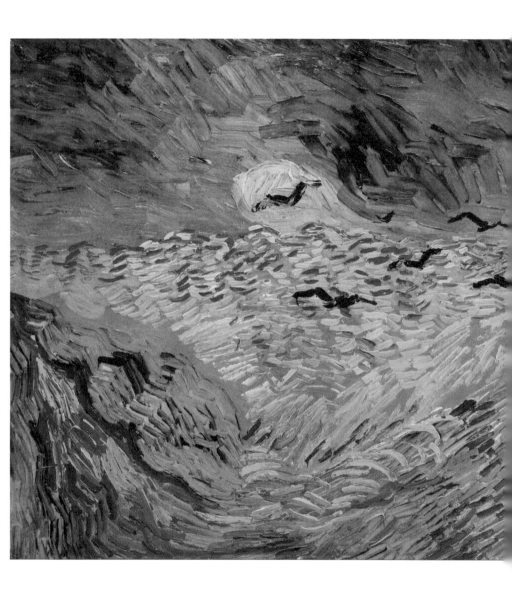

Wheatfield with Crows
1890

내 옛날 온 꿈이

김영랑

내 옛날 온 꿈이 모조리 실리어간
하늘가 닿는 데 기쁨이 사신가

고요히 사라지는 구름을 바래자
헛되나 마음 가는 그곳뿐이라

눈물을 삼키며 기쁨을 찾노란다
허공은 저리도 한없이 푸르름을

업디어 눈물로 땅 우에 새기자
하늘가 닿는 데 기쁨이 사신다

Wheatfields under Thunderclouds
1890

그가 한 마디
내가 한 마디
가을은 깊어 가고

다카하마 교시

Café Terrace at Night
1888

Portrait of Dr. Gachet
1890

목마와 숙녀

한 잔의 술을 마시고
우리는 버지니아 울프의 생애와
목마를 타고 떠난 숙녀의 옷자락을 이야기한다
목마는 주인을 버리고 거저 방울 소리만 울리며
가을 속으로 떠났다 술병에서 별이 떨어진다
상심한 별은 내 가슴에 가벼웁게 부서진다
그러한 잠시 내가 알던 소녀는
정원의 초목 옆에서 자라고
문학이 죽고 인생이 죽고
사랑의 진리마저 애증의 그림자를 버릴 때
목마를 탄 사랑의 사람은 보이지 않는다
세월은 가고 오는 것
한때는 고립을 피하여 시들어가고
이제 우리는 작별하여야 한다
술병이 바람에 쓰러지는 소리를 들으며
늙은 여류작가의 눈을 바라다보아야 한다
……등대에……
불이 보이지 않아도
거저 간직한 페시미즘의 미래를 위하여
우리는 처량한 목마 소리를 기억하여야 한다
모든 것이 떠나든 죽든
거저 가슴에 남은 희미한 의식을 붙잡고

우리는 버지니아 울프의 서러운 이야기를 들어야 한다
두 개의 바위 틈을 지나 청춘을 찾은 뱀과 같이
눈을 뜨고 한 잔의 술을 마셔야 한다.
인생은 외롭지도 않고
거저 잡지의 표지처럼 통속하거늘
한탄할 그 무엇이 무서워서 우리는 떠나는 것일까
목마는 하늘에 있고
방울 소리는 귓전에 철렁거리는데
가을 바람소리는
내 쓰러진 술병 속에서 목 메어 우는데

Girl in White
1890

Adeline Ravoux
1890

달밤— 도회(都會)

이상화

먼지투성이인 지붕 위로
달이 머리를 쳐들고 서네.

떡잎이 터진 거리의 포플라가 실바람에 불려
사람에게 놀란 도적이 손에 쥔 돈을 놓아버리듯
하늘을 우러러 은 쪽을 던지며 떨고 있다.

풋솜에나 비길 얇은 구름이
달에게로 날아만 들어
바다 위에 섰는 듯 보는 눈이 어지럽다.

사람은 온몸에 달빛을 입은 줄도 모르는가.
둘씩 셋씩 짝을 지어 예사롭게 지껄이다.
아니다, 웃을 때는 그들의 입에 달빛이 있다.
달 이야긴가 보다.

아, 하다못해 오늘 밤만 등불을 꺼 버리자.
촌각시같이 방구석에서, 추녀 밑에서
달을 보고 얼굴을 붉힌 등불을 보려무나.

거리 뒷간 유리창에도
달은 내려와 꿈꾸고 있네.

172

Road with Cypress and Star
1890

Sprig of Flowering Almond in a Glass
1888

달밤

윤동주

흐르는 달의 흰 물결을 밀처
여윈 나무그림자를 밟으며
북망산(北邙山)을 향(向)한 발걸음은 무거웁고
고독을 반려(伴侶)한 마음은 슬프기도 하다.

누가 있어만 싶은 묘지(墓地)엔 아무도 없고
정적(靜寂)만이 군데군데 흰 물결에 폭 젖었다.

White House at Night
1890

In the Café: Agostina Segatori in Le Tambourin
1887

비

정지용

돌에
그늘이 차고,

따로 몰리는
소소리 바람.

앞서거니 하여
꼬리 치날리어 세우고,

종종 다리 까칠한
산(山)새 걸음걸이.

여울 지어
수척한 흰 물살,

갈갈이
손가락 펴고.

멎은 듯
새삼 돋는 빗낱

붉은 잎 잎
소란히 밟고 간다.

Wheat Field in Rain
1889

Olive Trees
1889

낮의 소란 소리

김영랑

거나한 낮의 소란 소리 풍겼는듸
금시 퇴락하는 양
묵은 벽지의 내음 그윽하고
저쯤 예사 걸려 있을 희멀끔한 달
한 자락 펴진 구름도 못 말아 놓는 바람이어니
묵근히 옮겨 딛는 밤의 검은 발짓만
고뇌인 넋을 짓밟누나
아! 몇 날을 더 몇 날을
뛰어 본 다리 날아 본 다리
허전한 풍경을 안고 고요히 선다

Sunset at Montmajour
1888

Two Cut Sunflowers
1887

쓸쓸한 시절

이장희

어느덧 가을은 깊어
들이든 뫼이든 숲이든
모두 파리해 있다.

언덕 위에 오뚝이 서서
개가 짖는다.
날카롭게 짖는다.

비 — ㄴ 들에
마른 잎 태우는 연기
가늘게 가늘게 떠오른다.

그대여
우리들 머리 숙이고
고요히 생각할 그때가 왔다.

Peasant Burning Weeds
1883

Wheat Field Behind Saint-Paul Hospital with a Reaper
1889

어머님

장정심

오늘 어머님을 뵈오라 갈 수가 있다면
붉은 카네숀 꽃을 한아름 안고 가서
옛날에 불러주시든 그 자장가를
또다시 듣고 오고 싶습니다

누구라 어머님의 사랑을 설명하라 한다면
나의 평생의 처음 사랑이오
또한 나의 후생에도 영원할 사랑이라고
큰 소리로 외쳐 대답해주겠습니다

누구라 어머님의 성격을 말하라 하면
착하신 그 마음 원수라도 용서해주시고
진실하신 그 입엔 허탄한 말슴도 없었고
아름다온 그 표정 평화스러우시다 하겠읍니다

님의 간절하시든 정성의 기도
님의 은근하시든 교훈의 말슴
마음끝 님을 예찬하려 하오나
혀끝과 붓끝이 무디여 유감입니다

Autumn Landscape
1885

Vase with Carnations
1886

둘이서 함께
바라보고 또 바라보던
가을 보름달
혼자 바라보게 될
그것이 슬퍼라

사이교

Irises
1890

Roses
1890

밤

외양간 당나귀
아-ㅇ 외마디 울음 울고

당나귀 소리에
으-아 아 애기 소스라처 깨고,

등잔에 불을 다오.

아버지는 당나귀에게
짚을 한 키 담아 주고,

어머니는 애기에게
젖을 한 모금 먹이고,

밤은 다시 고요히 잠드오.

The Man is at Sea (after Demont-Breton)
1889

Enclosed Field with Ploughman
1889

가을

라이너 마리아 릴케

잎들이 떨어집니다. 먼 곳에서 잎들이 떨어집니다.
저 먼 하늘의 정원이 시들어버린 듯
부정하는 몸짓으로 잎들이 떨어집니다.

그리고 오늘밤 무거운 지구가 떨어집니다.
다른 별들에서 떨어져 홀로 외롭게.

우리들 모두가 떨어집니다. 이 손이 떨어집니다.
그리고 보세요 다른 것들을, 모두가 떨어집니다.

그러나 저기 누군가가 있어,
그의 두 손으로
한없이 부드럽게 떨어지는 것들을 받아주고 있습니다.

Fishing in the Spring, Pont de Clichy(Asniéres)
1887

Farmhouse in a Wheatfield
1888

청시(青柿)

백석

별 많은 밤
하누바람이 불어서
푸른 감이 떨어진다 개가 짖는다

Two Poplars in the Alpilles near Saint-Rémy
1889

Vase with Irises against a Yellow Background
1890

수라(修羅)

거미새끼 하나 방바닥에 나린 것을 나는 아모 생각 없이
문밖으로 쓸어버린다
차디찬 밤이다

언제인가 새끼거미 쓸려나간 곳에 큰거미가 왔다
나는 가슴이 짜릿한다
나는 또 큰거미를 쓸어 문밖으로 버리며
찬 밖이라도 새끼 있는 데로 가라고 하며 서러워한다

이렇게 해서 아린 가슴이 싹기도 전이다
어데서 좁쌀알만한 알에서 가제 깨인 듯한 발이 채 서지도
못한 무척 적은 새끼거미가 이번엔 큰거미 없어진 곳으로
와서 아물거린다
나는 가슴이 메이는 듯하다
내 손에 오르기라도 하라고 나는 손을 내어미나 분명히
울고불고 할 이 작은 것은 나를 무서우이 달아나버리며
나를 서럽게 한다
나는 이 작은 것을 고히 보드러운 종이에 받어 또 문밖으로
버리며 이것의 엄마와 누나나 형이 가까이 이것의 걱정을
하며 있다가 쉬이 만나기나 했으면 좋으련만 하고 슬퍼한다

Farming Village at Twilight
1884

Avenue of Poplars in Autumn
1884

나는 네 것 아니라

박용철

나는 네 것 아니라 네 가운데 안 사라졌다
안 사라졌다 나는 참말 바라지마는
한낮에 켜진 촛불이 사라짐같이
바닷물에 듣는 눈발이 사라짐같이

나는 너를 사랑는다, 내 눈에는 네가 아직
아름답고 빛나는 사람으로 비친다
너의 아름답고 빛남이 보인다

그러나 나는 나, 마음은 바라지마는 ―
빗속에 사라지는 빛같이 사라지기.

오 나를 깊은 사랑 속에 내어 던지라
나의 감각을 뽑아 귀 어둡고 눈 멀게 하여라
너의 사랑이 폭풍우에 휩쓸리어
몰리는 바람 앞에 가느단 촛불같이.

Wheat Field with Cypresses at the Haude Galline near Eygalieres
1889

Gauguin's Chair
1888

토요일

윤곤강

월(月)
화(火)
수(水)
목(木)
금(金)
토(土)
— 이렇게 일자(日字)가 지나가고,

또다시 오늘은 토요(土曜)

일월(日月)의 길다란 선로(線路)를
말없이 달아나는 기차… 나의 생활아

구둣발에 채인 돌멩이처럼
얼어붙은 운명을 울기만 하려느냐

The Night Café
1888

Portrait of Armand Roulin
1888

비에 젖은 마음

박용철

불도 없는 방안에 쓰러지며
내쉬는 한숨 따라 「아 어머니 !」 섞이는 말
모진 듯 참아오던 그의 모든 서러움이
공교로운 고임새의 무너져나림같이
이 한 말을 따라 한번에 쏟아진다

많은 구박 가운데로 허위어다니다가
헌솜같이 지친 몸은 일어날 기운 잃고
그의 맘은 어두움에 가득 차서 있다
쉬일 줄 모르고 찬비 자꾸 나리는 밤
사람 기척도 없는 싸늘한 방에서

뜻없이 소리내인 이 한 말에 마음 풀려
짓궂은 마을애들에게 부대끼우다
엄마 옷자락에 매달려 우는 애같이
그는 달래어주시는 손 이마 우에 느껴가며
모든 괴롬 울어 잊으런 듯 마음놓아 울고 있다

Bedroom in Arles
1889

Houses in Auvers
1890

낙엽

윤곤강

소리도 자취도 없이
내 외롭고 싸늘한 마음속으로
밤마다 찾아와서는
조용하고 얌전한 목소리로
기다림에 지친 나의 창을
은근히 두드리는 소리

깨끗한 시악씨의 거룩한 그림자야!
조심스러운 너의 발자국소리
사뿐사뿐 디디며 밟는 자국

아아, 얼마나 정다운 소리뇨
온갖 값진 보배 구슬이
지금 너의 맨발 길을 따라
허깨비처럼 내게로 다가오도다

시악씨야! 그대 어깨 위에
내 마음을 축여 주는
입맞춤을 가져간다 하더라도
그대 가벼운 몸짓을 지우지 말라

있는 듯 만 듯한 동안의 이 즐거움
너를 기다리는 안타까운 동안
너의 발자국소리가 내 마음이여라

Cottages and Cypresses Reminiscence of the North
1890

Belvedere Overlooking Montmartre
1886

당신의 소년은

이용악

설룽한 마음 어느 구석엔가
숱한 별들 떨어지고
쏟아져내리는 빗소리에 포옥 잠겨 있는
당신의 소년은

아득히 당신을 그리면서
개울창에 버리고 온 것은
갈가리 찢어진 우산
나의 슬픔이 아니었습니다

당신께로의 불길이
나를 싸고 타올라도
나의 길은
캄캄한 채로 닫힌 쌍바라지에 이르러
언제나 그림자도 없이 끝나고

얼마나 많은 밤이 당신과 나 사이에
테로스의 바다처럼
엄숙히 놓여져 있습니까
당신은 당신의 슬픔에서만 나를 찾았고
나는 나의 슬픔을 통해 당신을 만났을 뿐입니까

어느 다음날
수풀을 헤치고 와야 할 당신의 옷자락이
훠얼 훨 앞을 흐리게 합니다
어디서 당신은 이처럼 소년을 부르십니까

The Church at Auvers
1890

Vase with Twelve Sunflowers
1888

내 탓

장정심

친구를 안다 함은 얼굴만 안 것이지
맘이야 누가 알까 짐작도 못 하렸다
오늘에 맘 아파함은 내 탓인가 하노라

Beach at Scheveningen in Stormy Weather
1882

Peasant Sitting by the Fireplace(Work Out)
1881

황홀한 달빛

김영랑

황홀한 달빛
바다는 은(銀)장
천지는 꿈인 양
이리 고요하다

부르면 내려올 듯
정든 달은
맑고 은은한 노래
울려날 듯

저 은장 위에
떨어진단들
달이야 설마
깨어질라고

떨어져 보라
저 달 어서 떨어져라
그 혼란스럼
아름다운 천둥 지둥

호젓한 삼경
산 위에 홀히
꿈꾸는 바다
깨울 수 없다

Cypresses
1889

L'Arlésienne, Portrait of Madame Ginoux
1888

이 길,
지나가는 이도 없이
저무는 가을.

마쓰오 바쇼

Farmhouse in Provence
1888

Sower with Setting Sun
1888

3장.
오래간만에 내 마음은

시인　윤동주
　　　정지용
　　　김영랑
　　　윤곤강
　　　변영로
　　　이장희
　　　장정심
　　　박용철
　　　오장환
　　　노자영
　　　미야자와 겐지
　　　무카이 교라이

화가　모리스 위트릴로

3장에서 함께하는 화가
모리스 위트릴로Maurice Utrillo

1883~1955. 프랑스의 화가. 평생을 몽마르트르 풍경과 파리의 외곽 지역, 서민촌의 골목길을, 그의 외로운 시정에 빗대어 화폭에 담았던 몽마르트르를 대표하는 화가이다. 다작을 넘어 남작으로도 유명한데 유화만 3,000점이 넘는다.

몽마르트르의 위대한 화가들의 모델이자 화가이기도 한 수잔 발라동의 사생아로 태어났지만 아홉 살이 되던 1891년에 스페인의 화가이자 건축가이자 미술비평가인 미구엘 위트릴로(Miguel Utrillo)가 아들로 받아들여, 이후 모리스 위트릴로라 불리었다.

일찍이 이상할 정도로 음주벽을 보였고, 1900년에는 알코올 중독으로 입원하게 되었다. 그것을 고치기 위해, 어머니와 의사의 권유에 따라 그림을 그리기 시작했으나 음주벽은 고쳐지지 않아 입원을 거듭했다. 그는 거의 독학으로 그림을 배웠고 화단에서도 고립되었고, 애수에 잠긴 파리의 거리 등 신변의 풍경화를 수없이 그렸다.

위트릴로의 작품은 크게 4개의 시기로 분류된다. 몽마니 등 파리 교외의 풍경을 그린 몽마니 시대(1903~1905), 인상파적인 작풍을 시도했던 인상파 시대(1906~1908), 위트릴로만의 충실한 조형 세계를 구축해

나간 백색 시대(1909년경~1914), 코르시카 여행의 영향으로 점차 색채가 선명해진 다색 시대(1915~1955) 등이다.

위트릴로의 작품 중 가장 높은 평가를 받는 작품은 그의 '백색 시대'의 그림들이다. 백색 시대로 불리는 이유는, 몽마르트르에서 제조된 석고와 섞은 아연 백색을 자주 사용했기 때문이다. 그는 진하고 풍부한 안료로 낡고 갈라진 벽을 묘사했다. 음주와 난행과 싸우면서 제작한 백색 시대 시절의 작품은, 오래된 파리의 거리 묘사에 흰색을 많이 사용하여 미묘한 해조(諧調)를 통하여 우수에 찬 시정(詩情)을 발휘했다. 1913년 브로 화랑에서 최초의 개인전을 열어 호평을 받았으나, 코르시카 여행 (1912) 후 점차 색채가 선명해졌으며 명성이 높아지면서 예전의 서정성이 희박해지는 경향이 두드러졌다. 1922년에 마침내 자신의 작품 35점을 전시했고, 이 행사는 위트릴로에게 성공을 가져다주었다. 그 결과 명성이 높아졌고 이후로 그는 자신의 예술로 생계를 유지할 수 있었다.

중년에는 열렬한 종교인이 되었고, 52세가 된 1935년, 위트릴로 작품의 찬미자인 벨기에의 미망인과 결혼하여 신앙심 두터운 평화로운 가정을 꾸렸으나 그때쯤에는 야외에서 일할 수 없을 정도로 병이 심하여 창문, 엽서, 기억에 보이는 풍경을 그렸다. 1955년 11월 5일 폐질환으로 72세의 나이로 사망했으며 몽마르트르의 묘지 생 뱅상에 묻혔다. 대표작으로 〈몽마르트르 풍경〉 〈몽마르트르의 생 피에르 성당〉 〈코팽의 막다른 골목〉 등이 있다.

참새

윤동주

가을 지난 마당은 하이얀 종이
참새들이 글씨를 공부하지요.

째액째액 입으로 받아 읽으며
두 발로는 글씨를 연습하지요.

하로종일 글씨를 공부하여도
짹자 한 자 밖에는 더 못쓰는 걸.

Snow over Montmartre

The Quartier Saint-Romain at Anse, Rhone
1925

사랑은

변영로

사랑은 겁 없는 가슴으로서
부드러운 님의 가슴에 건너 매여진
일렁일렁 흔들리는 실이니

사람이 목숨 가리지 않거든
그 흔들리는 실 끊어지기 전
저 편 언덕 건너가자.

Pontoise, l'Eperon Street and Street de la Coutellerie
1914

Cabaret Le Lapin Agile
1938

첫겨울

오장환

감나무 상가지
하나 남은 연시를
가마귀가
찍어 가더니
오늘은 된서리가 내렸네
후라딱딱 휘이
무서리가 내렸네

View of Pontoise

Le Moulin de la Galette

참회록

파란 녹이 낀 구리거울 속에
내 얼굴이 남아 있는 것은
어느 왕조(王朝)의 유물(遺物)이기에
이다지도 욕될까.

나는 나의 참회(懺悔)의 글을 한 줄에 줄이자.
　── 만 이십 사년 일개월을 무슨 기쁨을 바라 살아 왔던가.

내일이나 모레나 그 어느 즐거운 날에
나는 또 한 줄의 참회록을 써야 한다.
　── 그때 그 젊은 나이에 왜 그런 부끄런 고백(告白)을 했던가.

밤이면 밤마다 나의 거울을
손바닥으로 발바닥으로 닦아 보자.

그러면 어느 운석(隕石) 밑으로 홀로 걸어가는
슬픈 사람의 뒷모양이
거울 속에 나타나온다.

Mont-Cenis Street in the Snow

La basilique de Longpont
1925

저녁때 외로운 마음

저녁때 저녁때 외로운 마음
붙잡지 못하여 걸어다님을
누구라 불어주신 바람이기로
눈물을 눈물을 빼앗아가오

The House of Mimi Pinson in Montmartre
1914

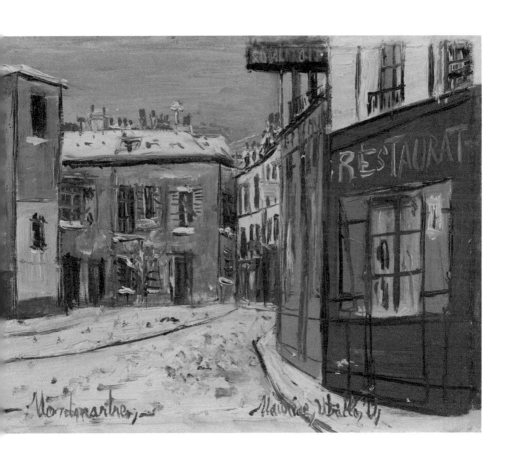

Rue Norvins à Montmartre
1941

초겨울
세찬 바람에도 지지 않고
흩날리는 초겨울비로구나

무카이 교라이

Montmartre

Chapelle de Buis
1921

흐르는 거리

윤동주

으스럼히 안개가 흐른다. 거리가 흘러간다. 저 전차(電車),
자동차(自動車), 모든 바퀴가 어디로 흘리워 가는 것일까?
정박(碇泊)할 아무 항구(港口)도 없이, 가련한 많은 사람들을
싣고서, 안개 속에 잠긴 거리는,

거리 모퉁이 붉은 포스트상자를 붙잡고 섰을라면 모든 것이
흐르는 속에 어렴풋이 빛나는 가로등(街路燈), 꺼지지 않는
것은 무슨 상징(象徵)일까? 사랑하는 동무 박(朴)이여! 그리고
김(金)이여! 자네들은 지금 어디 있는가? 끝없이 안개가 흐르는데,

「새로운 날 아침 우리 다시 정(情)답게 손목을 잡어 보세」 몇 자(字)
적어 포스트 속에 떨어뜨리고, 밤을 새워 기다리면 금휘장(金徽章)에
금(金)단추를 삐었고 거인(巨人)처럼 찬란히 나타나는 배달부(配達夫),
아침과 함께 즐거운 내림(來臨),

이 밤을 하염없이 안개가 흐른다.

Rue de Crimea, Paris

Mother Catherine's Restaurant in Montmartre
1917

달같이

연륜이 자라듯이
달이 자라는 고요한 밤에
달같이 외로운 사랑이
가슴하나 뻐근히
연륜처럼 피어 나간다.

Square Tertre on Montmartre
1910

Little Communicant, Church of Mourning
1909-1912

겨울

빗방울 나리다 유리알로 굴러
한밤중 잉크빛 바다를 건너다.

The House of Mimi Pinson at Montmartre
1931

La Rue du Mont-Cenis sous la Neige
1935

싸늘한 이마

박용철

큰 어둠 가운데 홀로 밝은 불 켜고
앉아 있으면 모두 빼앗기는 듯한 외로움
한 포기 산꽃이라도 있으면 얼마나한
위로이랴

모두 빼앗기는 듯 눈덮개 고이 나리면
환한 온몸은 새파란 불 붙어 있는 인광(燐光)
까만 귀또리 하나라도 있으면 얼마나한
기쁨이랴

파란 불에 몸을 사루면 싸늘한 이마
맑게 트이여 기어가는 신경의 간지러움
기리는 별이라도 맘에 있다면 얼마나한
즐검이랴

Farm on L'Ile d'Ouessant(Finistere)
1910-1911

Eglise de Clignancourt
1913-1915

비에도 지지 않고

비에도 지지 않고
바람에도 지지 않고
눈에도 여름 더위에도 지지 않는
튼튼한 몸으로
욕심은 없이
결코 화내지 않으며
늘 조용히 웃고
하루에 현미 네 홉과
된장과 채소를 조금 먹고
모든 일에 자기 잇속을 따지지 않고
잘 보고 듣고 알고
그래서 잊지 않고
들판 소나무 숲 그늘 아래
작은 초가집에 살고
동쪽에 아픈 아이 있으면
가서 돌보아 주고
서쪽에 지친 어머니 있으면
가서 볏단 지어 날라 주고
남쪽에 죽어가는 사람 있으면
가서 두려워하지 말라 말하고
북쪽에 싸움이나 소송 있으면
별거 아니니 그만두라 말하고

가뭄 들면 눈물 흘리고
냉해 든 여름이면 허둥대며 걷고
모두에게 멍청이라고 불리는
칭찬도 받지 않고
미움도 받지 않는
그러한 사람이
나는 되고 싶다

La Chartreuse de Neuville Sous Montreuil
1923

Rue Vauconsant, in Sannois(Val-D'oise)

돌아와 보는 밤

윤동주

세상으로부터 돌아오듯이 이제 내 좁은 방에 돌아와 불을
끄옵니다. 불을 켜 두는 것은 너무나 피로롭은 일이옵니다.
그것은 낮의 연장(延長)이옵기에―

이제 창(窓)을 열어 공기(空氣)를 바꾸어 들여야 할 텐데
밖을 가만히 내다보아야 방(房)안과 같이 어두워 꼭 세상
같은데 비를 맞고 오던 길이 그대로 비 속에 젖어 있사옵니다.

하루의 울분을 씻을 바 없어 가만히 눈을 감으면
마음속으로 흐르는 소리, 이제, 사상(思想)이 능금처럼
저절로 익어 가옵니다.

Le Lapin Agile
1913

Square Saint-Pierre in Montmartre
1908

무서운 시간(時間)

윤동주

거 나를 부르는 것이 누구요,

가랑닢 입파리 푸르러 나오는 그늘인데,
나 아직 여기 호흡(呼吸)이 남아 있소.

한 번도 손들어 보지 못한 나를
손들어 표할 하늘도 없는 나를

어디에 내 한 몸 둘 하늘이 있어
나를 부르는 것이오.

일을 마치고 내 죽는 날 아츰에는
서럽지도 않은 가랑닢이 떠러질 텐데……

나를 부르지 마오.

The Lapin Agile
1912

Avenue de Versailles et la Tour Eiffel
1922

새 한 마리

이장희

날마다 밤마다
내 가슴에 품겨서
아프다 아프다고 발버둥치는
가엾은 새 한 마리.

나는 자장가를 부르며
잠재우려 하지만
그저 아프다 아프다고
울기만 합니다.

어느덧 자장가도
눈물에 떨구요.

Saint-Léger church, Soissons

Restaurant des quatre pavillons
1922

백지편지

장정심

쓰자니 수다하고 안 쓰잔 억울하오
다 쓰지 못할바엔 백지로 보내오니
호의로 읽어보시오 좋은 뜻만 씨웠소

Chaudoin House

Castle in Charente

황혼(黃昏)이 바다가 되어

윤동주

하루도 검푸른 물결에
흐느적 잠기고……잠기고……

저— 웬 검은 고기떼가
물든 바다를 날아 횡단(橫斷)할고.

낙엽(落葉)이 된 해초(海草)
해초(海草)마다 슬프기도 하오.

서창(西窓)에 걸린 해말간 풍경화(風景畵).
옷고름 너어는 고아(孤兒)의 설움.

이제 첫 항해(航海)하는 마음을 먹고
방바닥에 나뒹구오……뒹구오……

황혼(黃昏)이 바다가 되어
오늘도 수(數)많은 배가
나와 함께 이 물결에 잠겼을게오.

Rue Marcadet in Montmartre

Canal á Saint-Denis
1909-1910

홍시

어적게도 홍시 하나.
오늘에도 홍시 하나.

까마귀야. 까마귀야.
우리 남게 웨 앉었나.

우리 옵바 오시걸랑.
맛뵐라구 남겨 뒀다.

후락 딱 딱
휘이 휘이!

Moulin de la Galette, Montmartre
1926

Versailles, Parc du Petit Trianon-Le Boudoir
1934

추억

노자영

지나간 옛 자취를
더듬어 가다가
눈을 감고 잠에 빠지면

아, 옛일은 옛일은
꿈에까지 와서
이렇게도 나의 마음을
울려 주는가

꿈에 놀란 외로움이
눈을 뜨면
새벽닭이 우는 하늘 저편에
지새던 별이 눈물을 흘린다

Flowers
1940

The Debray Farm

흰 그림자

윤동주

황혼(黃昏)이 짙어지는 길모금에서
하루종일 시들은 귀를 가만히 기울이면
땅거미 옮겨지는 발자취소리,

발자취소리를 들을 수 있도록
나는 총명했던가요.

이제 어리석게도 모든 것을 깨달은 다음
오래 마음 깊은 속에
괴로워하던 수많은 나를
하나, 둘 제 고장으로 돌려보내면
거리 모퉁이 어둠속으로
소리 없이 사라지는 흰 그림자,
흰 그림자를
연연히 사랑하던 흰 그림자들,

내 모든 것을 돌려보낸 뒤
허전히 뒷골목을 돌아
황혼(黃昏)처럼 물드는 내 방으로 돌아오면

신념(信念)이 깊은 의젓한 양(羊)처럼
하루종일 시름없이 풀포기나 뜯자.

Le Moulin de la Galette et le Sacré-Coeur

Notre-Dame
1909

너의 그림자

박용철

하이얀 모래
가이없고

적은 구름 우에
노래는 숨었다

아지랑이 같이 아른대는
너의 그림자

그리움에
홀로 여위어간다

Moulin de la Galette, Montmartre
1923

Alphonse Léon Quizet
1985-1955

유리창 2

정지용

내어다 보니
아조 캄캄한 밤,
어험스런 뜰앞 잣나무가 자꼬 커올라간다.
돌아서서 자리로 갔다.
나는 목이 마르다.
또, 가까히 가
유리를 입으로 쫏다.
아아, 항 안에 든 금붕어처럼 갑갑하다.
별도 없다, 물도 없다, 쉬파람 부는 밤.
소증기선(小蒸汽船)처럼 흔들리는 창(窓).
투명(透明)한 보라ㅅ빛 누뤼알아,
이 알몸을 끄집어내라, 때려라, 부릇내라.
나는 열(熱)이 오른다.
뺨은 차라리 연정(戀情)스레히
유리에 부빈다, 차디찬 입마춤을 마신다.
쓰라리, 알연히, 그싯는 음향(音響) —
머언 꽃!
도회(都會)에는 고흔 화재(火災)가 오른다.

Eglise Saint-Severin

Rue Saint-Dominique et la Tour Eiffel
1937-1938

눈 오는 저녁

흰 눈이 밀행자(密行者)의 발자욱같이
수줍은 듯 사뿐사뿐 소리 곱게 내리네
송이마다 또렷또렷 내 옷 위에 은수(銀繡)를 놓으면서

아, 님의 마음 저 눈 되어 오시나이까?
알뜰이 고운 모습 님 마음 분명하듯
그 눈송이 머리에 이고 밤거리를 걸으리!
정말 님의 마음이시거던 밤이 새도록 내리거라

함박눈 송이송이 비단 무늬를 짜듯이
내 걷는 길을 하얗게 하얗게 꾸미시네
손에 받아 곱게 놓고 고개 숙일까?
이 마음에도 저 눈처럼 님이 오시라

밟기도 황송한 듯 눈을 감으면
바스락바스락 귓속말로 날 부르시나?
흰 눈은 송이마다 백진주를 내 목에 거네

Église, Rue Montalant Sous La Neige À Marizy Sainte-Geneviève(Aisne)

Sacré-Coeur de Montmartre et square Saint-Pierre
1935

멋 모르고

윤곤강

멋 모르고 사는 동안에
나는 어느새 반이나마 늙었네

야윈 가슴 쥐어뜯으며
나는 긴 한숨도 쉬었네

마지막 가는 앓는 사람처럼
외마디소리 질러도 보았네

보람 없이 살진대, 차라리
죽는 게 나은 줄 알기야 하지만

멋 모르고 사는 동안에
나는 어느새 반이나마 늙었네

Le Maquis de Montmartre
1948

Square Tertre on Montmartre

밤의 시름

윤곤강

오라는 사람도 없는 밤거리에 홀로 서면
먼지 묻은 어둠 속에 시름이 거미처럼 매달린다

아스팔트의 찬 얼굴에 이끼처럼 흰 눈이 깔리고
빌딩의 이마 위에 고드름처럼 얼어붙는 바람

눈물의 짠 갯물을 마시며 마시며 가면
흐미하게 켜지는 등불에 없는 고향이 보이고

등불이 그려 놓는 그림자 나의 그림자
흰 고양이의 눈길 위에 밤의 시름이 깃을 편다

La Place St. Pierre et le Sacré Coeur de Montmartre
1938

Passage Cottin, Montmartre
1922

강경애

姜敬愛. 1907~1943. 시인. 소설가. 하층민의 입장을 자세히 그렸고, 사회의식을 바탕으로 민족·민중·여성의 해방을 동시에 추구했다. 대표작으로 〈인간문제〉가 있다. 가난한 농민의 딸로 태어나 4세 때 아버지를 잃고, 7세 때 개가한 어머니를 따라 장연으로 갔다. 어린시절을 의붓형제들과의 원만하지 못한 분위기 속에서 외롭게 보냈다. 10세 때 초등학교에 들어가 신식 교육을 받았다. 이때부터 〈춘향전〉 〈장화홍련전〉 등의 고전소설을 닥치는 대로 읽고 마을 사람들에게 이야기해주었는데, 말솜씨가 뛰어나 '도토리 소설쟁이'라는 별명을 얻었다.

15세 때 의붓아버지마저 죽자 의붓형부의 도움으로 평양숭의여학교에 들어가 서양문학을 공부했다. 3학년 때 동맹휴학에 앞장섰다가 퇴학당했다. 퇴학 후 고향으로 돌아가 홍풍야학교를 세워 잠시 계몽운동을 하다가, 고향 선배인 양주동과 함께 서울로 올라와 금성사에서 동거하며 동덕여학교 3학년에 편입했다. 그러나 1년 후 다시 고향으로 돌아가 근우회 장연지부에서 활동했다.

1932년 장연군청에 근무하던 장하일과 혼인한 뒤, 만주로 건너가 남편은 동흥중학교 교사로 일했고 그녀는 소설을 썼다. 생활이 궁핍해지자 같은 해 고향으로 돌아왔다가, 1933년 다시 간도 용정으로 가서 소설창작에 전념했다. 만주에 있는 문학동인으로 이루어진 '북향'에 참여했고, 《조선일보》 간도지국장을 맡기도 했다. 1939~1942년에 건강이 악화되어 귀국한 후, 창작 활동을 중단한 채 지내다가 37세에 사망했다.

고석규

高錫珪. 1932~1958. 시인이자 문학평론가. 함경남도 함흥 출생. 의사 고원식(高元植)의 외아들이다. 함흥에서 고등학교를 마치고 월남하여 6·25전쟁 때 자진입대했다. 부산대학교 문리과대학 국문학과를 거쳐 같은 대학원을 졸업하고 강사로 있었다. 시뿐 아니라 참신한 평론가로서 주목을 받았으나 문학에 대한 열망으로 지나치게 몸을 혹사하여 26세의 젊은 나이에 심장마비로 생을 달리했다. 1953년의 평론 〈윤동주의 정신적 소묘(精神的素描)〉는 윤동주 시에 대한 최초의 연구로 평가되는데, 윤동주 시의 내면의식과 심상, 그리고 심미적 요소들을 일제 암흑기 극복을 위한 실존적 몸부림으로 파악하였다. 이는 윤동주 연구의 초석이라 평가되고 있다.

김소월

金素月. 1902~1934. 일제 강점기의 시인. 본명은 김정식(金廷湜)이지만, 호인 소월(素月)로 더 널리 알려져 있다. 본관은 공주(公州)이며 1934년 12월 24일 평안북도 곽산 자택에서 33세 나이에 음독자살했다. 그는 서구 문학이 범람하던 시대에 민족 고유의 정서를 노래한 시인이라고 평가받고 서정적인 시로 오늘날까지도 많은 사랑을 받고 있다. 〈진달래꽃〉〈금잔디〉〈엄마야 누나야〉〈산유화〉 외 많은 명시를 남겼다. 한 평론가는 "그 왕성한 창작적 의욕과 그 작품의 전통적 가치를 고려해 볼 때, 1920년대에 있어서 천재라는 이름으로 불릴 수 있는 거의 유일한 시인이었음을 알 수 있다."고 평가했다.

김영랑

金永郎. 1903~1950. 시인. 본관은 김해(金海). 본명은 김윤식(金允植). 영랑은 아호인데 《시문학(詩文學)》에 작품을 발표하면서부터 사용하기 시작하였다. 초기 시는 1935년 박용철에 의하여 발간된 《영랑시집》 초판의 수록시편들이 해당되는데, 여기서는 자연에 대한 깊은 애정이나 인생 태도에 있어서의 역정(逆情)·회의 같은 것은 찾아볼 수 없다. '슬픔'이나 '눈물'의 용어가 수없이 반복되면서 그 비애의식은 영탄이나 감상에 기울지 않고, '마음'의 내부로 향해져 정감의 극치를 이루고 있다. 그의 초기 시는 같은 시문학동인인 정지용 시의 감각적 기교와 더불어 그 시대 한국 순수시의 극치를 보여주고 있다. 그러나 1940년을 전후하여 민족항일기 말기에 발표된 〈거문고〉〈독(毒)을 차고〉〈망각(忘却)〉〈묘비명(墓碑銘)〉 등 일련의 후기 시에서는 그 형태적인 변모와 함께 인생에 대한 깊은 회의와 '죽음'의 의식이 나타나 있다.

박용철

朴龍喆. 1904~1938. 시인. 문학평론가. 번역가. 전라남도 광산(지금의 광주광역시 광산구) 출신. 아호는 용아(龍兒). 배재고등보통학교를 거쳐 일본에서 수학하였다. 일본 유학 중 김영랑을 만나 1930년 《시문학》을 함께 창간하며 문학에 입문했다. 〈떠나가는 배〉등 식민지의 설움을 드러낸 시로 이름을 알렸으나, 정작 그는 이데올로기나 모더니즘은 지양하고 대립하여 순수문학이라는 흐름을 이끌었다. 〈밤기차에 그대를 보내고〉 〈싸늘한 이마〉〈비 내리는 날〉등의 순수시를 발표하며 초기에는 시작 활동을 많이 했으나, 후에는 주로 극예술연구회의 회원으로 활동하면서 해외 시와 희곡을 번역하고 평론을 발표하는 활동을 하였다. 1938년 결핵으로 요절하여 생전에 자신의 작품집은 내지 못하였다.

박인환

朴寅煥. 1926~1956. 강원도 인제군 인제면 상동리에서 출생했다. 평양 의학 전문학교를 다니다가 8·15 광복을 맞으면서 학업을 중단, 종로 2가 낙원동 입구에 서점 마리서사(茉莉書肆)를 개업했다. 한국전쟁이 일어나자 9·28 수복 때까지 지하생활을 하다가 가족과 함께 대구로 피난, 부산에서 종군기자로 활동했다. 조선청년문학가협회 시부가 주최한 '예술의 밤'에 참여하여 시 〈단층(斷層)〉을 낭독하고, 이를 예술의 밤 낭독시집인 《순수시선》(1946)에 발표함으로써 등단했다. 〈거리〉〈남풍〉〈지하실〉등을 발표하는 한편 〈아메리카 영화시론〉을 비롯한 많은 영화평을 썼고, 1949년엔 김경린, 김수영 등과 함께 5인 합동시집 《새로운 도시와 시민들의 합창》을 발간하여 본격적인 모더니즘의 기수로 주목받기 시작했다. 1955년 《박인환 시선집》을 간행하였고 그 다음 해인 1956년에 31세의 나이에 심장마비로 자택에서 별세하였다. 혼란한 정국과 전쟁 중에도, 총 173편의 작품을 남기고 타계한 박인환은, 암울한 시대의 절망과 실존적 허무를 대변했으며, 그가 사망한 지 20년 후인 1976년에 시집 《목마와 숙녀》가 간행되었다.

백석

白石. 1912~1996. 일제 강점기와 조선민주주의인민공화국의 시인이자 소설가, 번역문학가이다. 본명은 백기행(白夔行)이며 본관은 수원(水原)이다. '白石(백석)'과 '白奭(백석)'이라는 아호(雅號)가 있었으나, 작품에서는 거의 '白石(백석)'을 쓰고 있다.

평안북도 정주(定州) 출신. 오산고등보통학교를 마친 후, 일본에서 1934년 아오야마학원 전문부 영어사범과를 졸업하였다. 부친 백용삼과 모친 이봉우 사이의 3남 1녀 중 장남으로 출생했다. 부친은 우리나라 사진계의 초기인물로 《조선일보》의 사진반장을 지냈다. 모친 이봉우는 단양군수를 역임한 이양실의 딸로 소문에 의하면 기생 내지는 무당의 딸로 알려져 백석의 혼사에 결정적인 지장을 줄 정도로 당시로서는 심한 천대를 받던 천출의 소생으로 알려져 있다. 1930년《조선일보》신년현상문예에 1등으로 당선된 단편소설〈그 모(母)와 아들〉로 등단했고, 몇 편의 산문과 번역소설을 내며 작가와 번역가로서 활동했다. 실제로는 시작(詩作) 활동에 주력했으며, 1936년 1월 20일에는 그간《조선일보》와《조광(朝光)》에 발표한 7편의 시에, 새로 26편의 시를 더해 시집《사슴》을 자비로 100권 출간했다. 이 무렵 기생 김진향을 만나 사랑에 빠졌고 이때 그녀에게 '자야(子夜)'라는 아호를 지어주었다. 이후 1948년《학풍(學風)》창간호(10월호)에〈남신의주 유동 박시봉방(南新義州 柳洞 朴時逢方)〉을 내놓기까지 60여 편의 시를 여러 잡지와 신문, 시선집 등에 발표했으나, 분단 이후 북한에서의 활동은 정확히 알려진 것이 없다. 백석은 자신이 태어난 마을과 마을 사람들 그리고 주변 자연을 대상으로 시를 썼다. 작품에는 평안도 방언을 비롯하여 여러 지방의 사투리와 고어를 사용했으며 소박한 생활 모습과 철학적 단면이 시에 잘 드러나 있다. 그의 시는 한민족의 공동체적 친근성에 기반을 두었고 작품의 도처에는 고향의 부재에 대한 상실감이 담겨 있다.

변영로

卞榮魯. 1898~1961. 시인, 영문학자, 대학 교수, 수필가, 번역문학가이다. 신문학 초창기에 등장한 신시의 선구자로서, 압축된 시구 속에 서정과 상징을 담은 기교를 보였다. 민족의식을 시로 표현하고 수필에도 재능이 있었다. 그의 시작 활동은 1918년《청춘》에 영시〈코스모스(Cosmos)〉를 발표하면서부터 시작되었는데 당시에는 천재시인이라는 찬사를 받기도 하였다. 그의 작품들은 부드럽고 정서적이어서 한때 시단의 주목을 받았으며, 작품 기저에는 민족혼을 일깨우고자 한 의도도 깔려 있었다. 대표작〈논개〉가 널리 알려져 있다.

오장환

吳章煥. 1918~?. 충북 보은 태생. 경기도 안성으로 이주하여 1930년 안성보통학교를 졸업하였고, 휘문고보를 중퇴한 후 잠시 일본 유학을 했다. 그의 초기 시는 서자라는 신분적 제약과 도시에서의 타향살이, 그에 따른 감상적인 정서와 관념성이 형상화되었다.

1936년 《조선일보》《낭만》 등에 발표한 〈성씨보〉〈향수〉〈성벽〉〈수부〉 등이 이런 경향을 잘 보여주고 있다. 1937년에 시집 《성벽》, 1939년에 《헌사》를 간행하였다. 그의 시작 전체에는, 고향에 대한 그리움이 일관되게 나타난다. 오장환의 작품에서 그리움은, 도시의 신문물을 비판적으로 바라보는 비판 정신이기도 하고, 어떤 때는 고향과 육친에 대한 그리움, 또한 광복 이후 조국 건설에 대한 지향이기도 하다.

윤곤강

尹崑崗, 1911~1949. 충청남도 서산 출생의 시인이다. 본명은 붕원(朋遠). 1933년 일본 센슈 대학을 졸업했으며, 1934년 《시학(詩學)》 동인의 한 사람으로 문단에 등장했다. 초기에는 카프(KAPF)파의 한 사람으로 시를 썼으나 곧 암흑과 불안, 절망을 노래하는 퇴폐적 시풍을 띠게 되었고 풍자적인 시를 썼다. 그의 시는 초기에 하기하라 사쿠타로와 보들레르의 영향을 받았고, 해방 후에는 전통적 정서에 대한 애착과 탐구로 기울어지기 시작하였다. 시집으로 《빙하》《동물시집》《살어리》《만가》 등이 있고, 시론집으로 《시와 진실》이 있다.

윤동주

尹東柱. 1917~1945. 일제강점기의 저항(항일)시인이자 독립운동가. 아명은 해환(海煥). 만주 북간도의 명동촌에서 태어났으며, 기독교인인 할아버지의 영향을 받았다. 1931년 (14세)에 명동소학교를 졸업하고, 한때 중국인 관립학교인 대랍자(大拉子)소학교를 다니다 가족이 용정으로 이사하자 용정에 있는 은진중학교에 입학하였다. 1935년에 평양의 숭실중학교로 전학하였으나, 학교에 신사참배 문제가 발생하여 폐쇄당하고 말았다. 다시 용정에 있는 광명학원의 중학부로 편입하여 거기서 졸업하였다. 1941년에는 서울의 연희전문학교 문과를 졸업하고, 일본으로 건너가 도쿄에 있는 릿쿄 대학 영문과에 입학하였다가, 다시 1942년, 도시샤 대학 영문과로 옮겼다. 학업 도중 귀향하려던 시점에 항일운동을 했다는 혐의로 일본 경찰에 체포되어(1943. 7), 2년형을 선고받고 후쿠오카 형무소에서 복역하였다. 그러나 복역 중 건강이 악화되어 1945년 2월에 생을 마감하고 말았다. 유해는 그의 고향 용정에 묻혔다. 한편, 그의 죽음에 관해서는 옥중에서 정체를 알 수 없는 주사를 정기적으로 맞은 결과이며, 이는 일제의 생체실험의 일환이었다는 주장도 제기되고 있다.

15세 때부터 시를 쓰기 시작하여 첫 작품으로 〈삶과 죽음〉 〈초한대〉를 썼다. 발표 작품으로는 만주의 연길에서 발간된 《가톨릭 소년》지에 실린 동시 〈병아리〉(1936. 11) 〈빗자루〉(1936. 12) 〈오줌싸개 지도〉(1937. 1) 〈무얼 먹구사나〉(1937. 3) 〈거짓부리〉(1937. 10) 등이 있다. 연희전문학교 시절 작품으로는 《조선일보》에 발표한 산문 〈달을 쏘다〉, 교지 《문우》지에 게재된 〈자화상〉 〈새로운 길〉이 있다. 그리고 그의 유작인 〈쉽게 쓰여진 시〉가 사후에 《경향신문》에 게재되기도 하였다(1946). 그의 절정기에 쓰인 작품들을 1941년 연희전문학교를 졸업하던 해에 《하늘과 바람과 별과 시》라는 제목으로 발간하려 하였으나 뜻을 이루지 못하였다. 그의 자필 유작 3부와 다른 작품들을 모아 친구 정병욱과 동생 윤일주가, 사후에 그의 뜻대로 1948년, 《하늘과 바람과 별과 시》라는 제목으로 출간했다. 29년의 짧은 생애를 살았지만 특유의 감수성과 삶에 대한 고뇌, 독립에 대한 소망이 서려 있는 작품들로 인해 대한민국 문학사에 길이 남은 전설적인 문인이다. 2017년 12월 30일, 탄생 100주년을 맞이했다.

이병각

李秉珏. 1910~1941. 이병각은 카프가 해체된 시기인 1935~1936년, 평론, 산문, 시에 이르는 장르의 경계를 넘나들며 자유롭게 작품활동을 하였지만, 요절하여, 그 활동 기간은 카프 해소 이후 10여 년뿐이다. 현실도피적인 성향인 데다 후두결핵으로 문단활동도 활발하게 하지 못하였다. 그는 병든 몸으로 직접 한지에다 모필로 시집을 묶었는데, 그 첫 장에는 '가장 괴로운 시대에 나를 나허주신 어머님게 드리노라'(1940년 2월)라고 쓰여 있다.

이상화

李相和. 1901~1943. 시인. 경상북도 대구 출신. 7세에 아버지를 잃고, 14세까지 가정 사숙에서 큰아버지 이일우의 훈도를 받으며 수학하였다. 18세에 경성중앙학교(지금의 중앙중·고등학교) 3년을 수료하고 강원도 금강산 일대를 방랑하였다. 1917년 대구에서 현진건·백기만·이상백과 《거화(炬火)》를 프린트판으로 내면서 시작 활동을 시작하였다. 21세에는 현진건의 소개로 박종화를 만나 홍사용·나도향·박영희 등과 함께 '백조(白

潮)' 동인이 되어 본격적인 문단 활동을 시작하였다. 그의 후기 작품 경향은 철저한 회의와 좌절의 경향을 보여주는데 그 대표적 작품으로는 〈역천(逆天)〉《시원, 1935)·〈서러운 해조〉《문장, 1941) 등이 있다. 문학사적으로 평가하면, 어떤 외부적 금제로도 억누를 수 없는 개인의 존엄성과 자연적 충동(情)의 가치를 역설한 이광수의 논리의 연장선상에 놓여 있는 '백조파' 동인의 한 사람이다. 동시에 그 한계를 뛰어넘은 시인으로, 방자한 낭만과 미숙성과 사회개혁과 일제에 대한 저항과 우월감에 가득한 계몽주의와 로맨틱한 혁명사상을 노래하고, 쓰고, 외쳤던 문학사적 의의를 보여주고 있다.

이용악

李庸岳. 1914~1971. 시인. 함경북도 경성 출생. 고향에서 보통학교를 졸업한 후 1936년 일본 조치 대학 신문학과에서 수학했다. 1935년 3월 〈패배자의 소원〉을 처음으로 《신인문학》에 발표하면서 작품활동을 시작했다. 같은 해 〈애소유언(哀訴遺言)〉〈너는 왜 울고 있느냐〉〈임금원의 오후〉〈북국의 가을〉 등을 발표하는 등 왕성하게 창작활동을 했으며, 《인문평론(人文評論)》지의 기자로 근무하기도 했다. 1937년 첫번째 시집 《분수령》을 발간하였고, 이듬해 두번째 시집 《낡은 집》을 도쿄에서 간행하였다. 그는 초기, 소년시절의 가혹한 체험, 고학, 노동, 끊임없는 가난, 고달픈 생활인으로서의 고통 등 자신의 체험을 뛰어난 서정시로 읊었다. 이러한 개인적 체험을 일제 치하 유민(遺民)의 참담한 삶과 궁핍한 현실로 확대시킨 점에 이용악의 특징이 있다. 1946년 광복 후 조선문학가동맹의 시 분과 위원으로 활동하면서 《중앙신문》 기자로 생활했다. 이 시기에 시집 《오랑캐꽃》을 발간했다.

이장희

李章熙. 1900~1929. 시인. 본명은 이양희(李樑熙), 아호는 고월(古月). 대구 출신. 1920년에 이장희(李樟熙)로 개명하였으나 필명으로 장희(章熙)를 사용한 것이 본명처럼 되었다. 문단의 교우 관계는 양주동·유엽·김영진·오상순·백기만·이상화 등 극히 제한되어 있었다. 세속적인 것을 싫어하여 고독하게 살다가 1929년 11월 대구 자택에서 음독자살하였다. 이장희의 전 시편에 나타난 시적 특색은 섬세한 감각과 시각적 이미지, 그리고 계절의 변화에 따른 시적 소재의 선택에 있다. 대표작 〈봄은 고양이로다〉는 다분히 보들레르와 같은 발상법을 바탕으로 하고 있는데 '고양이'라는 한 사물이 예리한 감각으로 조형되어 생생한 감각미를 보이고 있다. 이 시는 작자의 순수지각(純粹知覺)에서 포착된 대상인 고양이를 통해서 봄이 주는 감각을 집약적으로 표현하고 있다. 1920년대 초반의 시단은 퇴폐주의·낭만주의·자연주의·상징주의 등 서구 문예사조에 온통 휩싸여 퇴폐성이나 감상성이 지나치게 노출되어 있었음에도 불구하고, 그의 시는 섬세한 감각과 이미지의 조형성을 보여주고 있다. 바로 뒤를 이어 활동한 정지용과 함께 한국시사에서 새로운 시적 경지를 개척하였다.

장정심

張貞心. 1898~1947. 시인. 개성에서 태어났다. 호수돈여자고등보통학교를 마치고 서울로 와서 이화학당유치사범과와 협성여자신학교를 졸업하고 감리교여자사업부 전도사업에 종사하였다. 1927년경부터 시작을 시작하여 많은 작품을 신문과 잡지에 발표했다. 기독교계에서 운영하는 잡지 《청년(靑年)》에 발표하면서부터 등단했다. 1933년 한성도서주식회사에서 간행한 《주(主)의 승리(勝利)》는 그의 첫 시집으로 신앙생활을 주제로 하여 쓴 단장(短章)으로 엮었다. 1934년 경천애인사(敬天愛人社)에서 출간된 제2시집 《금선(琴線)》은 서정시·시조·동시 등으로 구분하여 200수 가까운 많은 작품을 수록하고 있다. 독실한 신앙심을 바탕으로 한 맑고 고운 서정성의 종교시를 씀으로써 선구자적 소임을 다한 여류 시인으로 높이 평가되고 있다.

정지용

鄭芝溶. 1902~1950. 대한민국의 대표적 서정 시인이다. 충청북도 옥천군 옥천면 하계리에서 한의사인 정태국과 정미하 사이에서 맏아들로 태어났다. 연못의 용이 하늘로 올라가는 태몽을 꾸었다고 하여 아명은 지룡(池龍)이라고 하였다. 당시 풍습에 따라 열두 살에 송재숙과 결혼했으며, 1914년 아버지의 영향으로 로마 가톨릭에 입문하여 '방지거(方濟各, 프란치스코)'라는 세례명을 받았다.

정지용은 섬세하고 독특한 언어를 구사하며, 생생하고 선명한 대상 묘사에 특유의 빛을 발하는 시인이다. 한국현대시의 신경지를 열었다는 평가를 받고 있으며, 이상을 비롯하여 조지훈·박목월 등과 같은 청록파 시인들을 등장시키기도 했다. 그는 휘문고보

재학 시절 〈서광〉 창간호에 소설 〈삼인〉을 발표하였으며, 일본 유학시절에는 대표작이 된 〈향수〉를 썼다. 1930년에 시문학 동인으로 본격적인 문단활동을 했고, 구인회를 결성하고, 문장지의 추천위원으로도 활동했다. 해방 이후에는 《경향신문》의 주간으로 일하며 대학에도 출강했는데, 이화여대에서는 라틴어와 한국어를, 서울대에서는 시경을 강의했다. 1950년 한국전쟁이 일어난 뒤에는 김기림·박영희 등과 함께 서대문형무소에 수용되었고, 이후 납북되었다가 사망하였다. 사망 장소와 시기는 정확히 확인되지 않았는데, 1953년 평양에서 사망했다고 알려져 있다.

주요 저서로는 《정지용 시집》《백록담》《지용문학독본》 등이 있다. 그의 고향 충북 옥천에서는 매년 5월에 지용제를 개최하고 있으며, 1989년부터는 시와 시학사에서 정지용문학상을 제정하여 매년 시상하고 있다.

허민

許民. 1914~1943. 시인·소설가. 경남 사천 출신. 본명은 허종(許宗)이고, 민(民)은 필명이다. 허창호(許昌瑚), 일지(一枝), 곡천(谷泉) 등의 필명을 썼고, 법명으로 야천(野泉)이 있다. 허민의 시는 자유시를 중심으로 시조, 민요시, 동요, 노랫말에다 성가, 합창극에까지 이르는 다양한 갈래에 걸쳐 있다. 시의 제재는 산, 마을, 바다, 강, 호롱불, 주막, 물귀신, 산신령 등 자연과 민속에 속하며, 주제는 막연한 소년기 정서에서부터 농촌을 중심으로 민족 현실에 대한 다채로운 깨달음과 질병(폐결핵)에 맞서 싸우는 한 개인의 실존적 고독 등을 표현하고 있다. 시 〈율화촌(栗花村)〉은 단순한 복고취미로서의 자연애호에서 벗어나 인정이 어우러진 안온한 농촌공동체를 형상화함으로써 시적 비전을 제시하고자 하였다.

라이너 마리아 릴케

Rainer Maria Rilke. 1874~1926. 독일의 시인. 보헤미아 프라하 출생. 1886~1890년까지 아버지의 뜻을 좇아 장크트 텐의 육군실과학교를 마치고 메리시 바이스키르헨의 육군 고등실과학교에 적을 두었으나, 시인적 소질이 풍부한데다가 병약한 릴케에게는 군사학교의 생활은 정신적으로나 육체적으로나 견디기 힘들었다. 1891년에 신병을 이유로 중퇴한 후, 20세 때인 1895년 프라하 대학 문학부에 입학하여 문학수업을 하였고, 뮌

헨으로 옮겨 간 이듬해인 1897년 루 안드레아스 살로메를 알게 되어 깊은 영향을 받았는데, 1899년과 1900년 2회에 걸쳐서 루 안드레아스 살로메와 함께 러시아를 여행한 것이 시인으로서 릴케의 새로운 출발을 촉진하였고, 그의 진면목을 떨치게 한 계기가 되었다. 1900년 8월 말 두 번째 러시아 여행에서 돌아온 뒤, 독일 보르프스베데로 화가 친구를 찾아갔다가 거기서 여류조각가 C. 베스토프를 알게 되었고, 이듬해 두 사람은 결혼했다. 1902년 8월 파리로 가서 조각가 로댕의 비서가 되어 한집에 기거하면서 로댕 예술의 진수를 접한 것은 릴케의 예술에 커다란 영향을 주었다. 제1차세계대전 후 어느 문학 단체의 초청을 받아 스위스로 갔다가 그대로 거기서 영주하였다. 만년에는 셰르 근처의 산중에 있는 뮈조트의 성관(城館)에서 고독한 생활을 했다. 《두이노의 비가(Duineser Elegien)》나 《오르페우스에게 부치는 소네트(Die Sonette an Orpheus)》같은 대작이 여기에서 만들어졌다. 1926년 가을의 어느 날 그를 찾아온 이집트의 여자 친구를 위하여 장미꽃을 꺾다가 가시에 찔린 것이 화근이 되어 패혈증으로 고생하다가 그 해 12월 29일 51세를 일기로 생애를 마쳤다.

프랑시스 잠

Francis Jammes. 1868~1938. 투르네 출생. 상징파의 후기를 장식한 신고전파 프랑스 시인. 상징주의 말기의 퇴폐와 회삽(晦澁)한 상징파 속에서 이에 맞선 독자적인 경지를 열었다. A. 지드와의 북아프리카 알제리 여행과 약간의 파리 생활을 한 것을 빼면 일생 거의 전부를 자연 속에서 지내며 자연의 풍물을 종교적 애정을 가지고 순수하고 맑은 운율로 노래했다. S. 말라르메와 지드의 지지를 받았으며, 특히 지드와는 평생의 벗으로서 두 사람의 왕복 서한은 문학적으로 높이 평가되어 1948년에 간행되었다. 주요 시집으로 《새벽 종으로부터 저녁 종까지》(1898), 《프리물라의 슬픔》(1901), 《하늘의 빈터(Clairières dans le ciel)》(1906) 등이 있고, 아름다운 목가적인 소설에 《클라라 델레뷔즈(Clara d'Ellébeuse)》(1899)가 있다. 또, 1906년부터는 종교적인 작품을 많이 창작하였는데, 그 집대성이라고 말할 수 있는 《그리스도교의 농목시(農牧詩)(Les Géorgiques chrétiennes)》(1911~1912) 등이 있다. 주요 저서로 《그리스도교의 농목시》《새벽종으로부터 저녁 종까지》 등이 있다.

다카라이 기카쿠

榎本其角. 1661~1707. 에도 시대의 하이쿠 시인으로, 1673~1681년에 아버지의 소개로 마쓰오 바쇼의 문하에 들어가 시를 배웠다. 초문십철(蕉門十哲)이라 불리는 바쇼의 열 명의 제자 중 첫 번째 제자이다. 바쇼와 달리 술을 좋아했고 작풍은 화려했다. 구어체풍의 멋진 바람을 일으켰다.

다카하마 교시

高浜虛子. 1874~1959. 하이쿠 시인. 소설가. 에히메현 마츠야마시 출신. 본명 기요시. 교시는 마사오카 시키(正岡子規)로부터 받은 호. 시키의 영향으로 언문일치의 사생문을 썼으며, 소세키에게 자극을 받아 사생문체로 된 소설을 쓰기 시작해 여유파의 대표적 작가로 유명해졌다. 메이지 40년대(1907)부터 소설에 주력하여 하이쿠 활동이 일시적으로 중단된 적이 있다. 1911년 4~5월에 조선을 유람하고, 7월에《조선》을 신문에 연재한 후 1912년 2월에 단행본으로 간행했다. 1937년 예술원 회원. 1940년 일본하이쿠작가협회 회장. 1954년 문화훈장 수장. 1959년 4월 8일 85세를 일기로 사망. 대표적인 소설로《풍류참법風流懺法》(1907),《배해사俳諧師》(1908),《조선》(1912),《감 두 개》(1915) 등이 있다.

마쓰오 바쇼

松尾芭蕉. 1644~1694. 하이쿠의 완성자이며 하이쿠의 성인, 방랑미학의 창시자로 불린다. 마쓰오 바쇼는 에도 시대 전기에 해당하는 1644년 일본 남동부 교토 부근의 이가 우에노에서 하급 무사 겸 농부의 아들로 태어났다. 본명은 마쓰오 무네후사이고, 어렸을 때 이름은 긴사쿠였다. 아버지가 일찍 세상을 뜨자 곤궁한 살림으로 인해 바쇼는 19세에 지역의 권세 있는 무사 집에 들어가 그 집 아들 요시타다를 시봉하며 지냈다. 두 살 연상인 요시타다는 하이쿠에 취미가 있어서 교토의 하이쿠 지도자 기타무라 기긴에게 사사하는 중이었다. 친동생처럼 요시타다의 총애를 받은 바쇼도 이것이 인연이 되어 하이쿠의 세계를 접하고 기긴의 가르침을 받게 되었다. 언어유희에 치우친 기존의 하이쿠에서 탈피해 문학적인 하이쿠를 갈망하던 이들이 바쇼에게서 진정한 하이쿠 시인의 모습을 발견했고, 산푸·기카쿠·란세쓰·보쿠세키·란란 등 수십 명의 뛰어난 젊은 시인들이 바쇼의 문하생으로 모임으로써 에도의 하이쿠 문단은 일대 전기를 맞이했다. 부유한 문하생들의 후원으로 문학적으로나 경제적으로나 안정된 생활도 보장되었다. 37세에 '옹'이라는 경칭을 들을 정도로 하이쿠 지도자로서 성공적인 삶을 누렸으나 이내 모든 지위와 명예를 내려놓고 작은 오두막에 은둔생활을 하고 방랑생활을 하다 길 위에서 생을 마감했다.

무카이 교라이

向井去來. 1651~1704. 나가사키 출신. 에도 시대 전기의 하이쿠 시인. 후쿠오카의 어머니쪽 숙부 구메가의 양자가 되어 무예의 도를 배우고 그 비법을 궁구하였지만 24~25세경 무도를 버리고 귀경하여 음양도의 학문을 배우러 당상가에 근무했다. 후에 마쓰오 바쇼에게 사사하여 제자가 되었다.

미야자와 겐지

宮瑞悟. 1896~1933. 일본문학사상 중앙문단과 거의 관계가 없었던 이색적인 작가로, 시·동화에 커다란 영향을 미친 인물로 인정받고 있다. 1918년 모리오카 고등농림학교를 졸업한 뒤, 지질 토양비료 연구에 종사했다. 특히 히에누키 군(稗貫郡)의 토성(土性) 조사는 뒤에 그의 활동에 중요한 의미를 주었다.

그는 농림학교 재학시절부터 단카(短歌)를 짓고 산문 습작을 하기도 했으며, 졸업 후에는 동화도 몇 편 썼다. 1921년 12월 히에누키 농학교의 교사가 되었고 이듬해 11월 사랑하는 여동생 도시의 죽음을 겪었으며, 1926년 3월까지 계속 이 학교의 교사로 있었다. 이 시기, 특히 전반기는 그의 문학이 화려한 꽃을 피운 시기였는데, 대표적인 작품은 시집 《봄과 수라(春と修羅)》(1924)와 동화 《주문이 많은 요리집(注文の多い料理店)》(1924)에 실린 작품들이다.

농학교 교사시절 후반부터 농민들의 빈곤한 생활에 직면하게 된 그는 1926년 3월 하나마키로 돌아갔다. 거기서 젊은 농민들에게 농학이나 예술론을 강의하는 한편, 벼농사 지도를 위해 헌신적인 노력을 했다. 그러나 건강상태가 악화되어 병석에 눕게 되었으며 자신의 농업기술로는 농민들을 가난에서 구할 수 없다는 자각에서 비롯된 절망, 농민들의 도회지인에 대한 반감 등에 부딪혀 좌절감은 더욱 깊어만 갔다. 1933년 급성폐렴으

로 37세에 요절했다. 만년에 나온 동화로는 걸작 《은하철도의 밤(銀河鐵道の夜)》 《구스코 부도리의 전기(グスコ-ブドリの 傳記)》 등이 있다.

사이교

西行. 1118~1190. 헤이안 시대의 승려 시인이며 와카(和歌) 작가[歌人]이다. 무사의 신분을 버리고 승려가 되어 일본을 노래했다. 그의 가문은 무사 집안으로 사이교 역시 천황이 거처하는 곳(황거)의 북면을 호위하는 무사였다. 하지만 그는 1140년에 돌연 출가하여 불법 수행과 더불어 일본의 전통 시가인 와카 수련에 힘썼다. 각지를 돌아다니며 많은 와카를 남겼는데, 《신고금와카집(新古今和歌集)》에는 그의 작품 94편이 실려 있다. 와카와 고시쓰(故実)에 능통하였던 사이교는 스토쿠 천황의 와카 상대를 맡기도 했으나, 호엔 6년(1140년) 23세로 출가해 엔기(円位)라 이름하였다가 뒤에 사이교(西行)로도 칭하였다.

오시마 료타

大島蓼太. 1718~1787. 에도 시대 의 하이쿠 시인. 본성은 요시카와. 마쓰오 바쇼를 존경하여, 바쇼의 회귀를 주장하고 그 연구를 잇기 위해, 문하생을 3,000명 이상 양성했다. 마쓰오 바쇼 문학을 번창시키는 데 요사 부손보다 더 큰 역할을 했다.

카미유 피사로

Camille Pissarro. 1830~1903. 덴마크령 서인도제도의 세인트토머스 섬에서 태어나고 자랐다. 1855년 화가를 지망하여 파리로 나왔으며, 같은 해 만국박람회의 미술전에서 장바티스트 카미유 코로의 작품에 감명을 받아 풍경화 풍경화에 전념하였다. 1860년대 후반부터, 피사로는 인상주의 화가들 사이에서 중요한 인물이 되어, 인상주의 화가들의 작품 전시에 도움을 주었으며, 폴 세잔과 폴 고갱에게 큰 영향을 미쳤는데, 이 두 화가는 활동 말기에 피사로가 그들의 '스승'이었다고 고백했다. 한편, 피사로는 조르주 쇠라와 폴 시냐크의 점묘법 같은 다른 화가들의 아이디어에서도 영감을 얻었다. 또한 장 프랑수아 밀레와 오노레 도미에의 작품에 매우 감탄했다. 1870년에서 1871년까지 치러진 프랑스와 프로이센 사이의 전쟁을 피해, 파리 북서쪽 교외에 정주하면서 질박(質朴)한 전원풍경을 연작하기 시작했으며, 1874년에 시작된 인상파그룹전(展)에 참가한 이래 매회 계속하여 출품함으로써 인상파의 최연장자가 되었다. 말년에 이르러 피사로는 인상주의 화가들이 명성을 얻게 되는 것을 목격했고, 후기 인상주의 화가들은 피사로를 숭배했다. 1870년대에 피사로는 클로드 모네, 피에르 오귀스트 르누아르, 알프레드 시슬레와 함께 작업하기도 했다. 눈병으로 야외에서 그림을 그릴 수 없게 되었을 때는 파리에서 창밖으로 보이는 풍경들을 그렸다. 주요 작품으로 〈붉은 지붕〉(1877) 〈사과를 줍는 여인들〉(1891) 〈몽마르트르의 거리〉(1897) 〈테아트르 프랑세즈 광장〉(1898) 〈브뤼헤이 다리〉(1903) 〈자화상〉(1903) 등이 있다.

빈센트 반 고흐

Vincent Van Gogh. 1853~1890. 네덜란드 출신으로 프랑스에서 활약한 화가. 서양 미술사상 가장 위대한 화가 중 한 사람이다. 빈센트 반 고흐의 작품 전부(900여 점의 그림들과 1,100여 점의 습작들)는 정신질환을 앓고 자살을 감행하기 전, 10년의 기간 동안 창작한 것들이다. 그는 살아 있는 동안에는 거의 성공을 거두지 못하고 사후에 비로소 명성을 얻었는데, 특히 1901년 3월 17일 (그가 죽은 지 11년 후) 파리에서 71점의 그림이 전시된 이후 그의 이름은 급속도로 높아졌다.

빈센트 반 고흐는 프로트 즌델트에서 출생했다. 목사의 아들로 태어나, 1869~1876년 화상 구필의 조수로 헤이그, 런던, 파리에서 일하고 이어서 영국에서 학교교사, 벨기에의 보리나주 탄광에서 전도사로 일했고, 1880년 화가로 그림을 그리기 시작했다. 그때까지 짝사랑에 그친 몇 번의 연애를 경험했다. 1885년까지 주로 부친의 재임지인 누넨에서 제작활동을 했다. 당시의 대표작으로는 〈감자를 먹는 사람들〉(1885)이 있다. 16세에 삼촌의 권유로 헤이그에 있는 구필 화랑에서 일하기 시작했는데, 그의 네 살 아래 동생이자 빈센트 반 고흐가 평생의 우애로 아꼈던 테오도 나중에 그 회사에 들어왔다. 이우애는 그들이 서로 주고받았던 엄청난 편지 모음에 자세히기록되어 있다. 이 편지들은 보존되어 오다가 1914년에 출판되었다. 그 편지들에는 그가 예민한 마음의 재능 있는 예술가라는 것과 더불어 무명화가로서의 고단한 삶에 대한 슬픔도 묘사되어 있다. 테오는 빈센트의 삶을 통틀어서 경제적으로 지원해주었다. 네덜란드 시절 빈센트 반 고흐의 그림은 어두운 색채로 비참한 주제가 특징이었으나, 1886~1888년 파리에서 인상파·신인상파의 영향을 받았고, 1888년 봄 아를르에 가서, 이상할 정도로 꼼꼼한 필촉(筆觸)과 타는 듯한 색채로 특유의 화풍을 전개시킨다. 1888년 가을, 아를르에서 고갱과의 공동생활 중 병의 발작에 의해서 자기의 왼쪽 귀를 자르는 사건을 일으켜 정신병원에 입원했고, 생 레미에 머물던 시절에 입퇴원 생활을 되풀이했다. 1890년 봄 파리 근교의 오베르 쉬르 우아즈에 정착하여 열정적으로 작품 활동을 계속했다. 그러나 1890년 7월 27일, 빈센트 반 고흐는 들판으로 걸어나간 뒤 자신의 가슴에 총을 쏘았다. 바로 죽지는 않았지만 치명적인 총상이었으므로, 비틀거리며 집으로 돌아간 후, 심하게 앓고 난 이틀뒤, 동생 테오가 바라보는 앞에서 37세의 나이로 숨을 거뒀다. 주요 작품으로는 〈별이빛나는 밤〉〈해바라기〉〈꽃피는 아몬드 나무〉〈아를르의 침실〉〈닥터 가셰의 초상〉 등이 있다.

모리스 위트릴로

Maurice Utrillo. 1883~1955. 프랑스의 화가. 평생을 몽마르트르 풍경과 파리의 외곽 지역, 서민촌의 골목길을 그의 외로운 시정에 빗대어 화폭에 담았던 몽마르트르를 대표하는 화가이다. 다작을 넘어 남작으로도 유명한데 유화만 3,000점이 넘는다.
몽마르트르의 위대한 화가들의 모델이자 화가이기도 한 수잔 발라동의 사생아로 태어났지만 아홉 살이 되던 1891년에 스페인인의 화가·건축가·미술비평가인 미구엘 위트릴로(Miguel Utrillo)가 아들로 받아들여, 이후 모리스 위트릴로라 불리었다.

일찍이 이상할 정도로 음주벽을 보였고, 1900년에는 알코올 중독으로 입원하게 되었다. 그것을 고치기 위해, 어머니와 의사의 권유에 따라 그림을 그리기 시작했으나 음주벽은 고쳐지지 않아 입원을 거듭했다. 그는 거의 독학으로 그림을 배웠고 화단에서도 고립되었고, 애수에 잠긴 파리의 거리 등 신변의 풍경화를 수없이 그렸다.

위트릴로의 작품은 크게 4개의 시기로 분류된다. 몽마니 등 파리 교외의 풍경을 그린 몽마니 시대(1903~1905), 인상파적인 작풍을 시도했던 인상파 시대(1906~1908), 위트릴로만의 충실한 조형세계를 구축해나간 백색 시대(1908~1914), 코르시카 여행의 영향으로 점차 색채가 선명해진 다색 시대(1915~1955) 등이다. 특히 음주와 난행과 싸우면서 제작한 백색 시대 시절의 작품은, 오래된 파리의 거리묘사에 흰색을 많이 사용하여 미묘한 해조(諧調)를 통하여 우수에 찬 시정(詩情)을 발휘하였다. 그 후 1913년 브로 화랑에서 최초의 개인전을 열어 호평을 받았으나, 코르시카 여행(1912) 후 점차 색채가 선명해졌으며 명성이 높아지면서 예전의 서정성이 희박해지는 경향이 두드러졌다.

중년에는 열렬한 종교인이 되었고, 52세가 되던 1935년, 위트릴로 작품의 찬미자인 벨기에의 미망인과 결혼하여 신앙심 두터운 평화로운 가정을 꾸렸으나 그때쯤에는 야외에서 일할 수 없을 정도로 병이 심하여 창문, 엽서, 기억에 보이는 풍경을 그렸다. 1955년 11월 5일 폐질환으로 72세의 나이로 사망했으며 몽마르트르의 묘지 생 뱅상에 묻혔다. 대표작으로 〈몽마르트르 풍경〉〈몽마르트르의 생 피에르 성당〉〈코팽의 막다른 골목〉 등이 있다.

열두 개의 달 시화집
가을 필사노트

초판 1쇄 인쇄 2024년 9월 30일
초판 1쇄 발행 2024년 10월 15일

시인 윤동주 외 26명
화가 카미유 피사로, 빈센트 반 고흐, 모리스 위트릴로
발행인 정수동
편집주간 이남경
편집 김유진
표지 디자인 Yozoh Studio Mongsangso

발행처 저녁달
출판등록 2017년 1월 17일 제406-2017-000009호
주소 경기도 파주시 문발로 142 니은빌딩 304호
전화 02-599-0625
팩스 02-6442-4625
이메일 book@mongsangso.com
인스타그램 @eveningmoon_book
ISBN 979-11-89217-37-2 03800